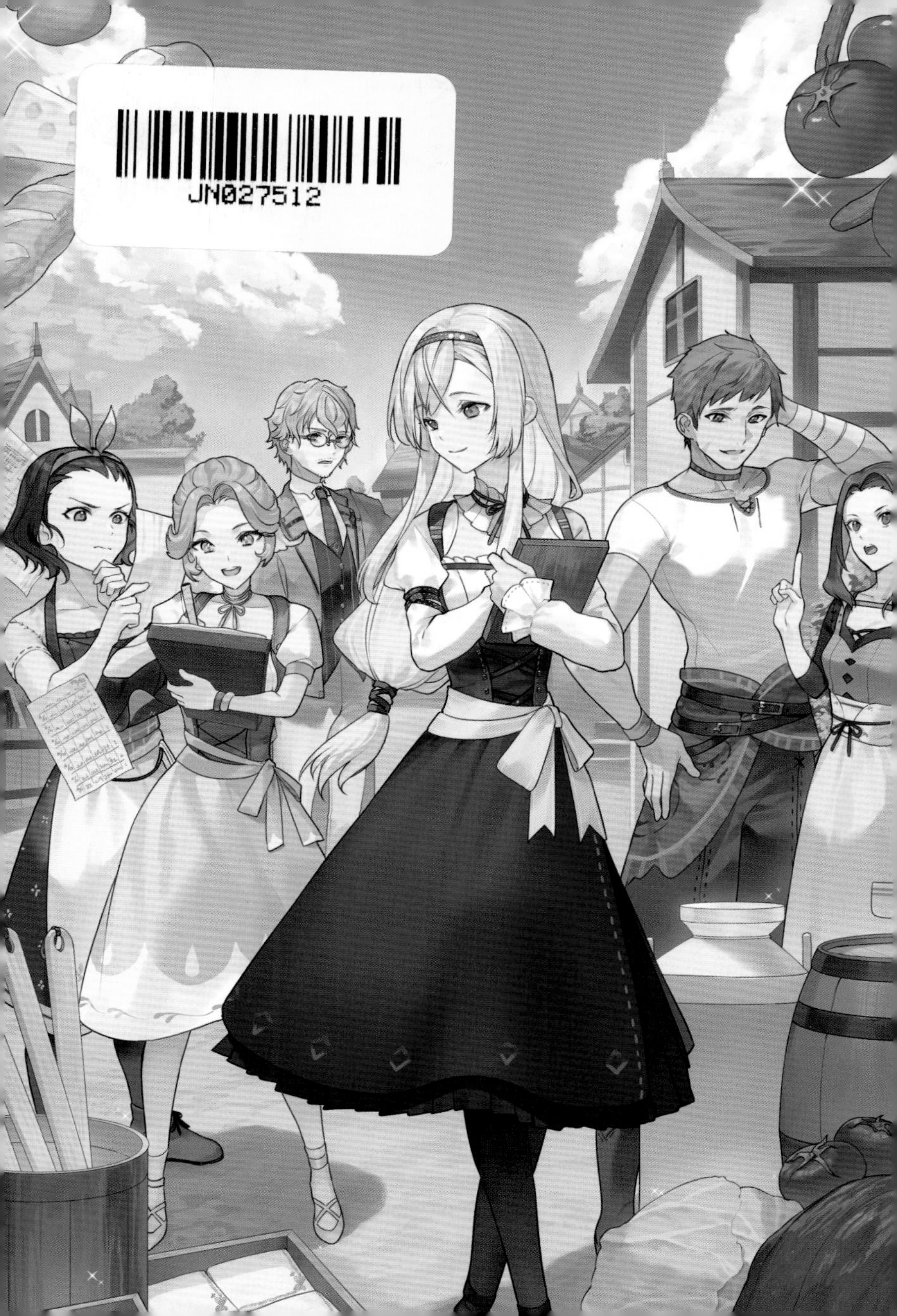

騎士 ダニエル
メイド フー
公爵令嬢 アリステリア
平民 リズリー
登場人物

領主代理　ルステン
平民　ロナ
平民　シーラ
王太子　エストエッジ

「では、私と一緒に
少し勉強をしてみませんか？
教えますから」
「えっ？」
私の突然の申し出に、
ロナさんが
驚きの声を上げた。

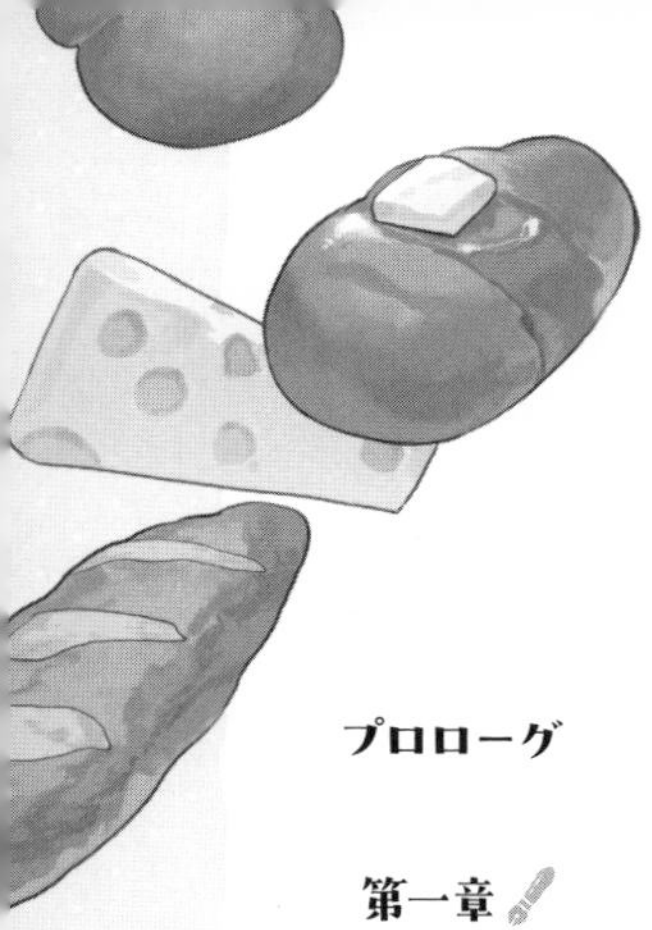

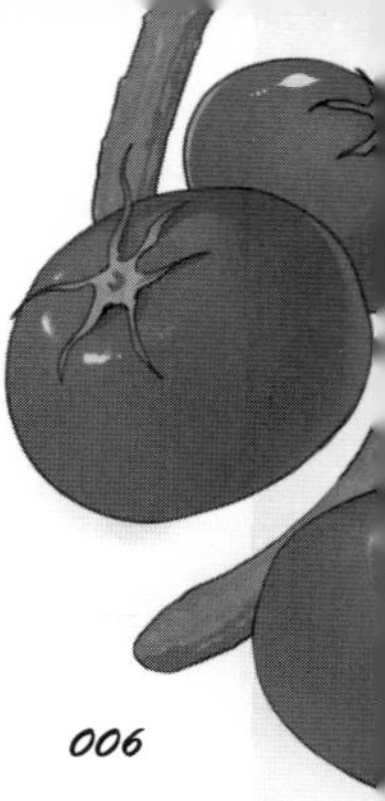

Contents

プロローグ　『前』の私の最期の後悔

会社帰りのアラサー女が付き合って五年の彼の浮気現場に遭遇したら、どうやら頭が真っ白になり、動けなくなってしまうらしい。

「お前って、なんか薄っぺらいんだよな。何でも全部俺任せ。依存してくんなよ、めんどくせぇ」

居直って鼻で嗤《わら》う彼、彼の腕に手を絡ませながら得意げに笑う連れの女性。そんな彼らを前にして、私は何も言い返せなくて。

「やっぱ、自分がない女ってつまんねぇわ」

無情な捨《す》て台詞《ぜりふ》を吐きながら肩を掠《かす》めていく彼を、追いかける事さえできなかった。

それからは、あまりよく覚えていない。

気付けばいつの間にか降り出していた雨に濡《ぬ》れて、体がとても冷えていた。放心したまま一歩踏み出したら、足がもつれて躓《つまず》いた。

聞こえたのは、耳をつんざくような車のクラクション。辛《かろ》うじて見えた赤信号も、目を焼くライトに塗りつぶされて。

体に強い衝撃が加わり、そのままポーンと宙に舞った。

世界がスローモーションで反転する中、彼の言葉が脳内にリフレインする。

――やっぱ、自分がない女ってつまんねぇわ。

もしも来世などというものがあるなら、今度はそんな事を言われない、自立した人間に。

放心したままだった思考に、怨《うら》みも悲しみも飛び越えて、最後の最後で辛うじてそんな願いが滲《にじ》み出た。

第一章　婚約破棄は転機の訪れ

高い天井に大きなシャンデリア。煌《きら》びやかな西洋風の夜会に、コルセットでギューギューに絞ったお腹《なか》。日本育ちの前世ではまるで縁がなかった『美しく着飾った紳士淑女のまん中で談笑する』という非日常にも、こちらの世界に生まれ落ちてもう十八年ともなれば、流石《さすが》に慣れてくる。

私の第二の人生は、ヴァンフォート公爵家の令嬢・アリステリア。透き通るような白い肌に、綺《き》麗《れい》な金髪碧眼《へきがん》の令嬢だ。

前世では考えられない事だけど、十一歳の時から婚約者もいる。

相手は王太子・エストエッジ殿下。深緑のタレ目が印象的な銀色の髪の彼とは、彼が十八になる来年には、結婚の予定も立っていた。

周りの方たちも、もちろんその事は知っている。だから今日の社交も、彼の婚約者・未来の王妃としての立ち居振る舞いが求められている。

近い将来王族に名を連ねる身としては、謙虚でありながらも堂々としていなければならない。

もちろんそういった立ち居振る舞いに、まったく苦戦しなかった訳ではない。しかし、みっちりしてもらった王妃教育や、二年前から携わりはじめた殿下の執務のお手伝いを含めた公務での経験などを経て、今ではそれなりに自身の力でうまく立ち回れていると思う。

パートナーである殿下の指示を待つのではなく、背中に隠れて守られるのでもなく、こうしてたくさんの貴族たちの前でも背筋をピンと伸ばして立てる自分で在れている事を、私はとても嬉《うれ》しく思う。

もちろん自意識過剰になるつもりはない。しかし同時に思うのだ。

――もしも来世などというものがあるなら、今度はそんな事を言われない、自立した人間に。

前世で最期に抱いたその想《おも》いに、今世の私は少しなりとも近づけているのではないだろうか、と。


私は自分が完璧な人間になれるとは思っていない。

それでも、自身の頭で考えて、答えを出して、行動する。自分の事は自分で決められるだけの判断材料を持ち、責任を負う事ができている今の自分が、私はとても好きだった。

幸運な事に、殿下もそんな私を肯定し、目指すところを応援してくれている。

前世の失敗のせいでどうしても恋愛に前向きになれなくて「貴方《あなた》を一人の男性として愛する事はできないかもしれない」と伝えても尚《なお》、殿下は共に国を支えるパートナーとして私を認め、時には頼り、隣に並び立つ事を許してくれている。

そして周りの方たちも皆、そんな私たちに期待をしてくれていた。

だから、私はもちろんの事、きっと誰もが驚いたと思う。

「アリステリア・フォン・ヴァンフォート公爵令嬢。君との婚約は破棄させてもらう」

夜会会場のまん中で、殿下の口から私に向けて、そんな言葉が放たれた時は。


一瞬、時が止まったかと思った。

冗談かと思った。冗談にしても質《たち》が悪いとも思った。しかしすぐに思い直す。


この方は、こんな質の悪い冗談を言うような方ではない。


たしかに彼は、たまには熟慮不足からズレた発言をする事もあった。しかしどれも、彼なりに真面目《まじめ》に考えた結果だ。こんな場所でシャレにならない冗談を言うような方では、決してない。

なら、本気で……？

周りが騒《ざわ》めき始める中、私の頭も静かに混乱していた。しかし、もう何年も見続けてきた彼の表情が、私に真剣さを伝えてきている。

あぁ本気なのだと理解した。そんな私に、彼はひどく申し訳なさそうな顔を作る。

「すまない、アリステリア。でも、そもそも私たちの間には、恋情などなかっただろう？」

「それは、たしかにそうですが……」

周りにもよく聞こえるような声量でこちらに語りかけてくる彼に、私は思わず眉尻を下げた。

その物言いでは、まるで「恋情がないから婚約破棄されてもダメージなどないだろう？　なら何も問題はないではないか」とでも言いたげだ。しかし問題は、大いにある。

私たちの結婚は、政略的な意味を大いに孕《はら》んでいる。

家同士の繋《つな》がりを、ひいては国の将来の安寧を強固にするための手段としての婚姻だ。だからこそ彼も私の気持ちを尊重し、「国のために共に頑張ろう」という事になったのではなかったか。

「たとえ恋情はなくても、君は私の父・国王陛下に気に入られ認められていた。だから私も君を側《そば》に置く事に納得していた。が、聞いたぞ。先日国王陛下から直々に、国が直轄する領地の中でもこの王都から最も遠い田舎《いなか》・クレーゼンの領地経営を、現地でするように言われたと」

「たしかに打診は受けていますが、それが今回の件とどのような関係が？」

ほんの一瞬「それはまだ内々の話で、国王陛下からも『時が来たら公にするからまだ内密に』と言われていた話なのだけど、こんな所で話してしまってよかったのか」という思考が頭を掠《かす》めたものの、今はそれどころではない。

真意を彼に尋ねれば、大きな身振り手振りを交え、大仰に語り出す。

「あそこは国の直轄領の中でも、領主代行によって治安も経営も安定している場所だ。そんな所にわざわざ王城から人をやる理由は、本来ならばない。にも拘《かかわ》らず、何故《なぜ》君があの土地を任される事になったのか。理由は一つ」

自信ありげな、いや、確信の籠《こも》った目が私に向けられた。

「――厄介払いされたのだろう？　父上から」

「え？」

あまりに予想外の事を言われたものだから、思わずキョトンとしてしまった。

厄介払いだなんてとんでもない。国王陛下が私にクレーゼンを任せる事にしたのは、私に国家運営の練習をさせるためである。

王妃教育の一環として国の直轄領を一つ与え国営シミュレーションをさせるのは、歴代王妃が嫁ぐ前に必ず辿《たど》る道、言わば伝統だ。だから私にも同じように、その実績を以《もっ》て王太子殿下との婚姻に進む手段を取るよう求めると、国王陛下から言われているのである。

陛下がそんな事で、私に嘘《うそ》をつく理由もない。殿下は何か勘違いしているのだろう。

「あの温厚な父上の逆鱗《げきりん》に触れただなんて、何をしたのかは知らないが」

「い、いえそれは――」

「いや、この期に及んで言い訳は不要だ。どんなに取り繕ったところで、父上の心証を損なった事実は変わらないのだから」

勘違いを正そうとしたものの、その声は遮られてしまう。

彼は普段、人の会話を横から遮る事など滅多《めった》にない。それを今意図的にするという事は、彼には最初から、こちらの言い分を聞く気がないという事なのだろう。

間違った情報を元にこのように大事な話を進めるのは、後々殿下に『誤情報に踊らされた王太子』というレッテルが貼られる可能性を生む。正した方がいいと思うのだけど、うーん、困った。どうしよう……。

思わず眉尻を下げていると、彼は更にこう続ける。

「しかしこうなった事で、私にも踏ん切りがついた。私はこれを機に、偽りの関係に区切りをつけ、本物の関係を始める」

「本物……？」

思わず首を傾《かし》げると、まるで彼のその言葉を待っていたかのようなタイミングで、後ろから「エスト様！」という可愛《かわい》らしい声がかけられた。

私が振り向いたのと、ちょうど小走りで女性が私の横を駆け抜けたのは、ほぼ同時。

甘い残り香を置いていった彼女は、王太子殿下の隣に立ち、彼の腕に両手をそえ、彼を見上げて楽しげに笑う。

ネコのような目の可愛らしい方。彼女の名前は私も知っていた。

「すまなかったな、サラディーナ。君をエスコートできなくて」

「いいえエスト様、いいのです。貴方はこの国の王太子ですもの、その役割を全うするためなら、一時だけの寂しさなんて、私、我慢してみせます！」

「ありがとう。君はいつも私の事を第一に考えてくれているな」

彼女、サラディーナ・オーレン子爵令嬢は、殿下とそんなやり取りをしながら笑い合う。

公の場にも拘らず、婚約者の前で一令嬢に堂々と愛称呼びを許している王太子殿下の姿は、この婚約破棄が誰のためのものなのかを確信させるに余りあった。

私はゆっくりと息を吐きながら一度、瞑目《めいもく》する。

彼女は貴族内でも、取り立てて抜きん出ている存在ではない。家格はもちろん、家の財力でも能力面でも平均を行く、一般的な子爵令嬢だ。

しかし社会的な価値を横に置いて考えれば、彼女は間違いなく殿下にとっての特別だ。

二人が最近よく周りに隠れて仲良くしていた事を、実は私は知っていた。それでもこれまで殿下を含めた誰にもそれを口にしなかったのは、別に二人が逢瀬《おうせ》を重ねる事に異論がなかったからだ。

むしろ私には与えられない種類の愛情を、彼女は彼に与えてくれるだろう。血を絶やさないために王族が複数の妃《きさき》を娶《めと》る事は、この世界では一般的でもある。

彼女は殿下に必要な方で、私にとっても歓迎すべき相手。そういう認識だったのだ。

公衆の面前で私を婚約者の席から下ろし、代わりに彼女をそこに据える。そういう計画だと気がつけば、普通は殿下に「自分を貶《おとし》められた」と怒りを覚えたり、王太子殿下の婚約者という地位を明け渡したくなくて抗《あらが》ったりするのだろう。

しかし私は、あまり今の地位それ自体を魅力的に思っている訳ではない。それどころか、そもそも王太子の婚約者になった動機が、我ながら不純だという自覚がある。

もちろん国事に携わる中で、この国に住まう人たちに対する情と責任感は抱くようになったけど、私は別に、なにも最初から国のための献身を胸に秘めていた訳でもない。

殿下との婚約を打診された時、国王陛下に「その歳《とし》でそれほどまでの知識や教養を身につけているとは、称賛に値する」と言われたのが、嬉しかった。自立のために身につけたものを、私のこれまでの頑張りを認めてもらえた。

この場所でしか積む事ができない特別な経験があるとも思った。それらが私に「これからは王太子殿下の婚約者として自分を磨こう」という、新たな原動力を生んだ。

だから私は王族という立場にも、権力にも特に執着がない。

そんな私との婚約破棄に、殿下は小さくない労力をかけた。

結果的に、演説の材料が『自分の都合のいいように捻《ね》じ曲げた情報』である事はよくないと思うし、女性にとって不名誉な『男性からの婚約破棄』を公衆の面前で堂々と行われた事には、彼の配慮不足を感じる。

しかし、それらはきっと、彼がそれだけ本気でサラディーナさんを側に置きたいからこそなのだろう。

前世と同じ『他に好きな相手ができたからと示され異性に捨てられる』というシチュエーションに、何も思わない訳ではない。

据え置くという選択肢があっても尚、殿下が「私を排除する」という選択をした事に対しては、彼にとって私の存在はそれ程でもなかったのだな、という寂しさがある。

彼の認識の誤りを正し、この婚約破棄の不当性を主張する事で、今の立場のままでいる事も十分可能だとは思う。

しかし、そうしたところで私の中の自尊心が少し満たされるだけ。私と彼の関係性は、もう以前のようには戻らない。

ここで反論しなければ、周りからは間違いなく「アリステリア・フォン・ヴァンフォートは、国王陛下の怒りを買い遠ざけられたのだ」と誤解されたままになる。しかしそれだって、私が反論した結果起きるかもしれない『王族派とヴァンフォート公爵派の対立』などという国内の二分化に比べれば、まだ大した事ではない。

王族から婚約破棄された令嬢の存在は家名に傷をつけるかもしれないけど、お父様ならきっと「よくやった」と褒めてくれるだろう。国王陛下だって、謂《いわ》れもない中傷で婚約破棄された我が公爵家との関係性の悪化を嫌い、何らかの補償はしてくださる筈《はず》だ。

それに、何よりも。

ここで婚約破棄に異を唱えて、殿下に「捨てられたくなくて縋《すが》りつくアリステリア」という人物像を作り上げられたくはない。

もちろんこれは私の意地であり、ほんの小さな意趣返し。おそらくそういう方向に持っていきたいのだろう彼にされるがままなのは悔しいし、何よりその人物像は、私がこれまで努力し作り上げてきた『自立した自分』にはそぐわない。

私の矜持《きょうじ》はそこにある。

だから私はその矜持だけを胸に、あとは立つ鳥跡を濁さず――。

「それに、彼女には私が必要なのだ。私が支えてやらなければ、すぐにでも折れてしまいそうだろう？　――一人でも生きていける君とは違って」

穏やかだった心中が、その一言で激しく波打った。

サラディーナさんの目をまっすぐ見て告げた彼のこの言葉は、きっと一種の告白だったのだろう。

その証拠に、彼女は感激したかのように「エスト様……！」と彼の名を呼びながら、ポッと頬《ほお》を赤らめている。

周りの方たちの中にも、王太子殿下の言葉に理解を示している方がいる。

分かっている。今世は男性優位の社会で、女性が男性の隣に並び立つ事は珍しい。正統的に好まれるのは、サラディーナさんのような男性に頼る事ができる可愛げのある女性だという事は。

でも。

彼は知っている筈なのだ。私がどれだけの思いで自立した女性を目指し、そのために多くの努力を積んできたかを。私が自立する事に、どれほどの気持ちを抱いているかを。

別に「一人で生きていける」という認識を他者から持たれている事に、腹が立った訳ではない。むしろそう思ってもらえる事は、私の頑張りが正しく実を結んでいる証拠。それについては誇らしくさえ思える。

しかし『一人でも生きていけるお前とは違う』……？

それを、私の思いを知っている彼が私を否定するために使うのは、明らかな冒瀆《ぼうとく》だ。

それでも、本当ならば激昂《げきこう》してぶつけたかった言葉を、私は呑《の》み込んだ。数々の王妃教育で培ってきた忍耐力と洞察力が、私にそれを押し止《とど》まらせた。

もしここで感情に任せて行動すれば、間違いなくこの先、こちらの不利になる。そんな確信があった。

愛する女性を抱きしめながら「受け入れてほしい」と言ってきた彼は、まるで『彼女を傷つけようとする者から身一つで護《まも》る騎士』のようである。

どうやら彼は周りに対し『激昂した私から彼女を守る自分』を演出したいらしい。

そうすれば、たしかに「嫉妬に狂って攻撃的になる私から、サラディーナさんを守るために婚約破棄をする」という殿下側の建前が成り立つ。サラディーナさんを選んだ自分を、対外的に正当化できる。きっとそういう事なのだ。

——面と向かって「要らない」という意思表示をされるのに、蔑みを込めて真正面から言われるのと、被害者ぶりながら遠回しに示されるの、一体どちらがマシだろうか。

憤りの分だけ急激に冴《さ》え渡っていく思考の中に、ふとそんな疑問がよぎった。

しかし、答えは決まっている。

どっちもどっちだ、そんなもの。

愚問に、僅かに口角が上がる。

今と同じように侮辱と共に一方的に捨てられた前世で、私は何も言えなかった。ただただショックで頭が真っ白になり、その場から一歩たりとも動けなかった。

しかし今は、もう違う。

自分のために頑張った日々が、今の私に自信を与えてくれている。彼がいなくても一人で立っていられるし、どうしたいか、自分の中に答えもある。それを突き通す意思もある。だから。

「分かりました。殿下は殿下のお好きなように。私も私が生きたいように生きる事に致します」

声はまったく震えなかった。

いつもと比べると少しばかり突き放した物言いになってしまったかもしれないけど、王妃教育で鍛え抜かれた表情筋を駆使した『私史上最高に穏やかな笑み』も、披露できた自信があった。

さぁ、これからどうしようか。会場から出て、廊下を歩きながら考える。

王太子殿下にはあぁ啖呵《たんか》を切ったものの、まさかこんな事になるだなんて、つい先程までは思いもしなかったのだ。まだ具体的にどうするか、どうしたいかは決められていない。

消去法で考えるなら、社交界に出るのはしばらくよした方がいいだろう。

今回の婚約破棄の話は、当分社交界隈《かいわい》のトレンドになるはずだ。そんな場所に自ら進んで顔を出してまで、やりたい事がある訳でもない。

なら、実家に引きこもる？

実家は領地持ちの貴族だから、そちらに身を寄せれば王都からは距離を置ける。

しかし家と領地を継ぐのは兄だ。殿下の婚約者として国営に関する執務を一部こなしていたため、領地の執務を手伝う事はできるだろうけど、いつまでもお世話になるのは実家に頼りすぎな気がする。一時なら未《ま》だしも、長期間居座るのは落ち着かない。

できれば他に『私の場所』のようなものが作れればいいのだけど……。

そう思った時にふと、しわくちゃな顔で豪快に笑う、今は亡きお祖父様《じいさま》の顔を思い出した。

私にとってはただの優しいお祖父様だったけど、この国においては、その名は『革新的な領地経営のやり方の礎を築いた人』として広く知られている。

元々が、有能な人物ではあったらしい。

公爵家の次男として生まれたお祖父様は、本来ならば領地を継ぐ事はできなかったところを、先々代の国王陛下から才覚を認められ「一代限り」という約束で、ある領地を賜った。

それだけでも十分すごいのに、お祖父様はそこで成果を出した。

当時は『多くの税収を集めるために、如何《いか》に領民の不満が出ないギリギリの税率を設定するか』という考え方が主流だった領地経営に、先行投資という概念を取り入れたのである。

今までになかった取り組みだ、最初はやはり「平民の生活環境向上のためなどに金を使うなんて」と鼻で笑う人間も多かったと聞く。

しかしそれでもお祖父様は、領民たちのやる気と力を信じ、投資し続け、見事に結果を出してみせた。

今や領地経営は『如何にして領民の収入それ自体を増やし、取れる税金を増やすか』という考え方なしには語れない。

「誰かの上に立つのなら、一度でいい。自分の目で市井《しせい》を見て、話を聞いて、彼らの生活を肌で感じてみなさい。そうすれば、彼らがどのように生きていて、何を望み、何に夢を見るのかが分かる」

お祖父様は、よく私にそう教えてくれた。それが彼の口癖だった。

彼の領民ファーストの精神がよく表れている言葉だと思う。

実際に、彼は市井に下りて領民たちと交流を重ね、彼らの暮らしを直接目で見て話を聞いて、必要な場所に必要なだけの投資をしたのだという。

自身の労力を決して惜しまず、必要な個所《かしょ》に投資し領民たちの幸福度を上げる。そんな事、本当に領民の事を思っていなければできないだろう。

私はそんなお祖父様にも、お祖父様の期待に応えるように成果を出した領民たちにも、ひどく感銘を受けていた。

領民はより豊かな生活を手に入れ、領主は結果的に増えた税金を領地経営の資金に回す事で、更に領地を発展させる事ができる。

相手なしでは在れないような依存の関係ではなく、自立しながらも支え合える関係性をお祖父様は領民との間に作ったのだ。

そんなお祖父様を私は尊敬しているし、領民たちの話をとても誇らしげにする一方で「あれは領民が頑張ったからこその結果だ」と自分の功を誇らない彼を、とてもカッコいいと思っていた。

彼の考え方は間違いなく、今世の私の人生における、大きな指針になっていた。

そういえば、昔はしきりに「私もお祖父様のように市井に下り、彼らの暮らしに直《じか》に触れてみたい。そして自分にしかできない事を見つけ、何かを形にしてみたい」と思っていた。

王太子殿下の婚約者になってからは、何かと忙しかったからそう思う事も減っていたけど。

……あれ？　もしかして、今がそのいい機会かもしれない？　ふと、そんなふうに思い至る。

幸いにも、というべきか。今なら時間は有り余っている。

どこかで誰かが言っていたような気がする。機会はただ待っているだけでは訪れない。自分から掴《つか》みに行くものなのだ、と。ならば。

「王家に求める『何らかの補償』を家のためではないところに使いたいと、お父様に相談しなければならなくなりそうね」

幸運な事に、お祖父様に倣うための舞台には、一つ心当たりがある。

一見すると順調な領地経営をしているように見えるものの、実はある深刻な問題を抱えている土地を、私は知っているのだ。

普通なら王族との間でかなり難しい交渉が必要になるだろうけど、今回は「王家が力ある公爵家に妙なレッテルを貼った」という事実がある。こちらがヘマさえしなければ、終始優位に話を進められるだろう。

婚約破棄などという貴族令嬢にとっての不名誉を被《こうむ》った日でありながら、馬車に乗る私の足取りは軽い。

これから新たな日々が始まる。そんな予感と期待とが、私の心を躍らせていた。

第二章　新領主・アリステリアの最初の仕事

例の騒動から一ヶ月と少し。私は二人のお付きだけを連れて、王都からある場所を目指していた。

国の東に位置する、元国の直轄領・クレーゼン。

王家との交渉はうまくいき、無事に手に入れた『一代限りの統治権』を携えて、私は今、少し前までは国王陛下の命で訪れる筈《はず》だった土地に、馬車を走らせている。


カタカタと馬車に揺られながら窓の外に目をやれば、青空の下、若草色の平らな土地がずっと遠くまで広がっていた。

たまに思い出したように民家や小屋が立っていて、のんびりとしたその雰囲気に、心が洗われていくのを感じる。

きっと、こういう景色を『田舎《いなか》』と呼ぶのだろう。クレーゼンには大らかな気質の方が多いと聞いているけど、この景色に日々癒やされていると思えばそれも納得だ。

そんなふうに思っていると、隣で共に馬車に揺られている、綺麗《きれい》にお団子に結わえられた茶色の髪のメイド・フーが、涼しげな瞳を窓の外に向けたまま聞いてくる。

「クレーゼンの名産といえば、牛肉でしょうか」

ちょうど窓の外には、草原を自由に闊歩《かっぽ》する牛たちが見えている。私がそれを見つけたのに気付いて、そんな質問をしてきたのだろう。

「えぇそうね。鳥や豚も生産・出荷しているけど、やはり最も多いのはフーの言う通り牛。より美味《おい》しい食肉を作るために、エサも工夫しているという話よ」

「そのような事まで……よくご存じですね」

私がそう答えると、フーがほんの少しだけ目を見開いた。

基本的に表情の乏しい彼女のその変化は、ものすごく驚いている証拠だ。声にも称賛のニュアンスが籠《こも》っている。

切れ長な瞳のせいもあって一見すると少し冷たい印象を抱かれてしまう事もあるけど、幼少期から私の側付きをしてくれている彼女が本当はとても主人思いで、仕事ができて抜け目もない。

きっと今回だって、彼女の事だ。おそらく主人が向かう土地という事で、少なからずクレーゼンについて勉強してきてくれていたのだろう。

そんな彼女からこうも純粋に驚かれると、素直に嬉《うれ》しい。けど。

「私は単に、ここ数年の年末収支報告書に書かれていた事を覚えていただけよ。もし私が現時点でまだ訪れた事のないクレーゼンの事をより深く知っていてすごいというのなら、それは間違いなく報告書を書いた方の功績ね」

私はそう言いながら、ゆっくりと首を横に振る。

現在、国に提出する報告書には、決まった形式はない。もちろん最低限必要なものは定められているけど、どこまで細かく記載するかは各領地に一任されている。

「本来は、ここまで詳細に領地経営の内容を記載する必要はない。そんな中でクレーゼンは、毎年熱心な報告書をくれているのよ」

ここまで熱心な領地もそうそうない。だからこそたくさんの領地の報告書に目を通しても尚《なお》、クレーゼンという領地は記憶に残りやすかった。

私がそう答えると、フーは何故《なぜ》か納得顔になる。

「なるほど。詳細な報告書に、エサを工夫して更に食肉の品質を上げようという熱心さ。お嬢様がわざわざこの土地を慰謝料代わりに要求したのは、それが理由という訳ですか」

「それだけが理由ではないけど」

思わず「そこまで私らしい選択だった？」と尋ねれば、フーはサラッと「お嬢様は勤勉な方を好む傾向がありますから」と言ってくる。

言われてみれば、たしかに怠け者よりは頑張っている方を応援したくなりはするけど。

と。

「じゃあ他にどんな理由があるんです？」

二人の会話に三人目の声が合流してきた。

声の正体は、向かい側に座る私の護衛騎士。ダニエルという名の短髪の男性だ。

「そんなに気になる?」

「あんなにこの領地に拘《こだわ》っていたら、いくら俺だって『婚約破棄された腹いせ』以外にも何かあるんだろうなってくらいは思いますよ」

軽口を叩《たた》いたダニエルに、フーが一睨みで牽制《けんせい》した。

おそらく「口を慎め」という意味だったのだろう。素直に「すみません」と謝ってくれた彼に、私は笑いながら「大丈夫よ、気にしていないし」と答える。

彼は、私が婚約破棄の件で後日王城に呼ばれた際の護衛騎士も務めてくれていた。『腹いせ』というのは、その時に宰相閣下が使った言葉だ。

別に、ダニエルが本気でそれを疑っているという訳ではないだろう。どちらかというと、その言葉を放った相手を揶揄《やゆ》する意味合いが強いのは、彼の人柄を知っていれば分かる。

「宰相閣下があんな言葉を使ったのも、仕方がない事だと思うわ。あの方は、特にこの土地を高く買っておられたから。国王陛下も実際にはお悩みの様子だったし、他からも『国預かりの土地の中でも特に優良な領地を手放すのか』という反対の声は上がっていたし」

「でも結果的には、アリステリア様の話に乗った」

「アリステリア・フォン・ヴァンフォートという人を、ヴァンフォート公爵家を蔑《ないがし》ろにしたのです。領地を一つ取られる程度で済むのですから、むしろありがたいと思うべきです」

楽しげに声を弾ませたダニエルの後に、フーが「ザマァ見ろ」と言わんばかりに続く。

フンと鼻を鳴らしながら、顔の横に落ちてきた髪をスッと耳にかける彼女は、明らかに相手方に苛立《いらだ》っている。

そもそもフーは、私が王家との交渉後すぐに王都を発《た》った事も、不服だったようだ。

国王陛下から「統治権を移譲したら、クレーゼンのためにすぐに王都を発ってほしい」と言われて従ったのだけど、彼女は「そんなのほぼ間違いなく、お嬢様が王太子殿下の勘違いを周りに吹《ふい》聴《ちょう》する前に王都から追い出そうという魂胆ではないですか」と怒ってくれていたのだ。

実際に、彼女の懸念は当たっているだろうし、今頃は「国王陛下の逆鱗《げきりん》に触れた上に王太子殿下の後ろ盾も居場所もなくして、一刻も早く王都から逃げたかったのだろう」などという憶測が社交界で囁《ささや》かれているだろう事も、想像に容易《たやす》い。

私は、そういう動きは彼らの一種の防衛本能だと思っている。

前世でも、敵対勢力へのプロパガンダは一つの戦術だった。そういう戦い方もあると割り切っているから、私自身は「どうせ当分の間は皆、私を腫物扱いするだろうし、実際王都にいない私は直接的に被害も少ない」と思えている。しかしフーは、どうやらそうは思えないらしい。

おそらくそれはダニエルも同じだ。

先日フーが「あんなところで突然婚約破棄を突き付けた上に、その理由までデタラメだなんて。そんなご立派な王太子殿下のお陰で、国王陛下もさぞ尻拭いに手を焼いている事でしょうね」と悪態をついた時、いつもは「まぁまぁ」と宥《なだ》める彼が無言を貫いていた。

結局二人とも、私に対して甘いのだ。

しかし、思い違いは正しい思考を鈍らせる。二人を大切に思えばこそ、正しておいた方がいいところもある。

「私がクレーゼン領の統治権を得られたのは、それが双方にとって利を生む選択だったから。王太子殿下が勝手に婚約破棄の理由にした『クレーゼン領への実質的な左遷』を、私の希望を通す事で現実にできる。彼らは、ただ自らにとって建設的な選択をしただけ。私が彼らを言い負かした結果ではないのよ？」

「そうだとしても、アリステリア様の思っていた通りになった事は間違いない。そして、アリステリア様が相手のそういう心理をついたり交渉の手間を割いたりしてまで、クレーゼンを欲したという事でもある。そうでしょう？」

そう言ってニッと笑う彼は、私が今回の一連の王家との交渉に、この手のかけ引きが得意な両親の協力を得ず、一人で挑んだ事も知っている。

彼らを説得するにあたり「私もお祖父様《じいさま》のように、市井《しせい》に下りて彼らの暮らしを肌で感じてみたい」という話をしたところ「そうしたいのなら、自身でそれ相応の努力をすべきだ」と言われたのだ。そしてその言い分に、私自身も納得した。

私は両親から課された試練を、無事にクリアした。もちろん他の土地を選んでいても一人で交渉に挑んだだろうけど、もしもっと領地経営が安定していない他の土地だったら、今回ほどの反発は受けなかっただろう。

そう思うと、やはり私がクレーゼンに拘っているというダニエルの言葉は、ある程度正しい認識だ。

「で、何でそこまでクレーゼンがいいんですか？」

彼がもう一度聞いてくる。

「それは——あ、町が見えてきたみたいね」

言いかけて、窓の外に見えた景色に意識が引っ張られた。

緑の平野の向こうの方に、建物が密集している地帯が見える。まだ小さいけど、おそらくあれがクレーゼンの領都だろう。

王都や生家のある領都と比べるとかなり小規模ではあるものの、これから私が生きる土地。そう思えば、やはりワクワクとしてくる。

「お嬢様、まずは領主館へ向かうのですよね？」

フーにそう尋ねられ、私は「えぇ」と頷《うなず》いた。

「市井で生活しようとは思っているけど、だからといって領主の仕事を放棄するつもりもないわ。まずは領主代行を勤めている文官と、話をする予定」

領主館には、事前にその旨を伝えている。日程通りに到着できそうだし、今日中に顔合わせもできるだろう。

きっと報告書には、書き切れていない事もたくさんある。話を聞くのが楽しみだ。

それにこれまで安定してこの領地を維持してきた功労者に、伝えなければならない事がある。

――この領地をよりよくするために。

◆◆◆

領主代行は忙しい。その上仕事を憂鬱な予定に中断させられるのだから、気分はもう最悪だ。

それでも対応せざるを得ないのが、僕の仕事上の立ち位置である。

その憂鬱の理由がそろそろ領主館に着く頃合いだからと玄関から外に出たところ、眩《まぶ》しい太陽と呑気《のんき》な青空が真っ先に僕を出迎えた。

煩わしいと思いながら目を細め、頭をガシガシと掻《か》きため息をつく。

そうでなくともボサボサだったくせっ毛の強い髪が、更にボサボサになっただろうが、それが何だというのだろうか。

そもそも着ているのがシワシワの文官服だし、無精ひげだって生やしっぱなしになっている。

年に一度、領民の前で演説をする時くらいは流石《さすが》に見た目に気も遣うが、今日はそういう日でもない。

ただ新しい領主がやってくるだけだし、どうせ見た目をどうにかしても、結局は生まれつきのこの死んだ魚のような目が、第一印象を悪くさせる。

その上やってくるのが貴族となれば、身だしなみ以前に『平民上がりの文官』というだけで、見下しこき使ってくるに違いない。

こちらの仕事ぶりなんて、まるで見ないようなやつら相手だ、僕だって、服や髪やひげに頓着する意味を見出《みいだ》せない。

しかしそれにしても、何故『王妃教育の一環』などに、ここが選ばれてしまったのか。

やってくるのは、どうせ中途半場に知識を手に入れただけで現場のすべてを知った気になっているような人間だ。

大体、権力持ちというのは総じて自信家で傲慢なのである。そして謎のチャレンジ精神で、現場を引っ掻き回すのだ。

その結果、いい方に転べばまだマシである。手柄が掻っ攫《さら》われるだけで済む。

が、悪い方に転がったら。最早《もはや》目も当てられない。

そういう時、十中八九、やつらは責任を現場に擦《なす》り付け、後始末もせずに去っていく。

すべて、僕がこの土地に来る前に被《こうむ》った事のある経験談である。今回もそうに違いない。

「……まぁそんな現場の迷惑なんて、決定事項をただ通達してくるだけの王城が知る筈もないんだろうけど」

誰も聞いていないのをいい事に、口から思わず不満が漏れた。

その王城から来た通達によれば、たしか新領主は『アリステリア・フォン・ヴァンフォート』という名の公爵令嬢だ。

会った事はないものの、彼女の噂《うわさ》はよく耳にしている。

祖父は、今主流の領地経営方法の礎を築いた人。父親も国王陛下から一目置かれており、方々への影響力は絶大だ。

彼女自身も、何事においても秀でており、王太子殿下の婚約者に相応《ふさわ》しい人物なんだとか。他貴族からの支持も厚いと聞いている。

しかし、そんな前評判は信用できない。

相手は貴族、しかも令嬢だ。満足に領地経営をできるとは思えない。


僕は、クレーゼン領に恩がある。


ここに赴任したのは、八年前。当時、クレーゼンはまだ領地経営がうまくいっていない、ただの田舎町だった。

当初は僕も周りから「上司に盾突くから、あんな田舎に左遷なんてされるんだ」と散々嘲笑《あざわら》われ、完全に荒《すさ》み切っていた。しかしここの人たちは、そんな僕を大らかな心で優しく包み込んでくれた。

生まれ持ったこの眠そうな目を見て「ちゃんとやる気があるのか」と怒ってきたり、なまじ仕事ができるからと「できるんだろ？　やっとけよ」と仕事を押し付けてくるような人間は、この領主館にはいなかった。

職場内でわざわざ派閥を作って内輪で争う事もなく、文官たちからはヒシヒシと「領民のために働こう」という気概だけが感じられていた。

彼らに少しずつ感化されて、僕も仕事を頑張るようになった。

平民出の僕が今こうして領主代行にまでなれているのは、間違いなくここの人たちのお陰だ。だから守りたい。職場に身分を持ち込んで高慢な考えを押し付けてくる貴族から、必ずクレーゼンを。

「……はぁー、来たか」

玄関の外で待っていると、領主館の外門に一台の馬車が滑り込んでくるのが見えた。

徐々に近づいてくる、前足を上げた雄々しい馬の紋章付き馬車に、反射的に顔が歪《ゆが》む。

立派な馬車だ。立派すぎて、その佇《たたず》まいだけで既に「従え」という無言の圧力を感じる。

きっと馬車から出てくるのも、高慢な令嬢に違いない。今に馬車の上から冷たい目で僕を見下ろして、何か命令するのだろう。

この地のために、僕が盾にならなければ。そんな決意を胸に拳を握り、馬車を見た。

そして驚いた。馬車から降りてきたのは、陽光に煌《きら》めく艶やかな金髪の、淑《しと》やかそうな令嬢だった。

彼女は僕を見止めると、ふわりと優しく微笑《ほほえ》んできた。上から見下ろしてきたりせず、まっすぐにこちらを見て。

「あぁ、貴方《あなた》がルステンさんですね？　私の名は、アリステリア・フォン・ヴァンフォート。お会いできて光栄です」

まだ名乗っていないのに、何故僕の名を知っている……？　令嬢が向けてきた表情も相まって、僕は一瞬混乱した。しかし一拍置いて気がつく。

報告書の記載者欄には僕の名前を書いているし、王城であらかじめ名簿でも見れば名前なんてすぐに分かる。調べてきていた事・覚えられていた事には多少驚いたが、そのくらい、気まぐれにする事もあるだろう。

……いや、待てよ。それにしたって、先に名乗るだなんて下手に出るような真似《まね》、この令嬢がする必要はない。

何せ貴族令嬢で、この領地の領主になる人間なのだ。下の者の歓迎を受けて鷹揚《おうよう》に頷くだけで事足りる立場にも拘《かかわ》らず、自分から挨拶をしてくるなんて。

もしかして常識知らずなのか？

いや、相手は王妃候補だ。そんな筈もないだろう。

じゃあもしかして、僕が知っているお貴族様とは少し違……というところまで思考が行きついて、僕はハッと我に返った。

いやいや、騙《だま》されてはいけない。妙な幻想を抱いたところで、後で痛い目を見るのは僕だ。淑やかそうな年下の女性だからと簡単に絆《ほだ》されてしまっては、碌《ろく》に領地も守れない。

「どうかしましたか？」

「あっ、いや別に」

何でもない顔で取り繕えば、令嬢は「そうですか？」と言っただけで、深追いはしてこなかった。気になるんなら、権力で圧力をかけていくらでも口を割らせる事なんてできるだろうに、そんな気配はまったくない。

何なんだこの令嬢は。なんだかとても調子が狂う。

「と、とりあえず、休憩用の部屋を用意してありますので」

混乱を振り払うように早口で告げて、僕はサッと踵《きびす》を返した。

案内するのは、領主館の中。一緒に馬車に乗っていたらしいメイドと騎士もついてきた。

元々領主館というのは、領主の仮住まいになる事もある。だから通常は、貴族が寝泊まりできるように相応の調度品が整えられた部屋が用意されているものだ。

しかし三人を通したのは、簡易的な客間だった。

室内には、テーブルと椅子。貴族に使わせても失礼にならない程度の家具に、一応ティーセットも置いてあるが、それだけだ。貴族にとってはかなり簡素な部屋に思える事だろう。

「二週間前に届いた手紙に『領主館に宿泊する予定はないので、一休みできる簡易客間だけ準備をお願いしたい』という旨が書かれていたので、その通りにご用意しました」

そちらが要求した事だ。暗にそう先に釘《くぎ》を刺したのは、文句を言わせないための予防線だ。

実際には「そんな手紙は出していない」といちゃもんを付けてくる事もできるだろうが、要は気持ちの問題だ。最初から貴族に遜《へりくだ》って、自分から舐《な》められにいくのは御免である。

だからもちろん「長期間国の直轄領として領主代行が領地を治めてきた関係で、寝室として使える部屋は埃《ほこり》がものすごかった。貴重な仕事の時間を貴族のための掃除に費やす必要がなくなって、実はとても助かった」……なんて事は口にしなかった。

シレッと「お湯が必要な場合は、この部屋を出て右側の突き当たりに給湯室があるので」と告げて、僕は部屋から退場しようとする。

メイドもついてきているし、掃除の程度が気になれば勝手にどうにかするだろう。そう思いつつ一応「では僕はこれで」と形式的な挨拶を述べたところで、令嬢に「ルステンさん」と呼び止められた。

「……なんでしょう」

「一時間後に、執務室にお邪魔してもよろしいでしょうか」

「え」

「急ぎの仕事がありますか？」

「いえ、そういう訳ではないですが」

そう言いながら、目を泳がせる。

一体何の用事なのか。もし仕事場の見学でもしたいという事なら、邪魔なのでここで大人しくしていてほしい。

先程「急ぎの仕事があるのか」と聞かれた時に、嘘《うそ》でも頷いておけばよかったか。そんな事を考えた時だ。令嬢が小さくホッとする。

「そうですか、ならよかった。これからの領地について、話をする時間を取っていただきたいのです。本当ならば『今すぐに』と言いたいところなのですが、流石に馬車での長旅でしたから、少し休憩をいただければと」

「え、ええ。それは別に構いませんが……」

普通、視察時などで貴族たちは、移動日は一日休憩する。どんなに熱心でも半日は休む。それが、一時間……。

たしかにそんな人間を横目に、いつも「現場は動き続けているのに、悠長な」と思っていたものだけど、実際にこうしてたったの一時間の休憩で申し訳なさそうに言われると、驚きを通り越して反応に困る。

そんなこちらの気も知らないで、令嬢はホッとしたように微笑んだ。加えて「ではよろしくお願いします」なんて言ってくるのだから、僕は「では一時間後に、部下を案内によこしますので」と伝えて、令嬢から逃げるように部屋を出る。

背中越しに「ありがとうございます」という声が律儀にも返されたが、それには反応しなかった。


つかつかと廊下を歩きながら「本当に何なんだ、あの令嬢は」と考え、ハッとする。

もしかしてこれも作戦か。たとえばこうやって下手に出ておいて、信用させてから無理な領地経営を推し進めるとか。

人というのは、一度信用してしまうと少し相手に甘くなる。有効な手かもしれない。

が、僕は絆されない。そもそも僕より十歳くらいは年下だろう。そんな人間に、この領地を守るという僕の使命が負ける筈が——。

「……はぁ。とりあえず仕事するか」

ふと、こんな事で頭を悩ませている暇があるのなら、仕事をした方がよほど建設的だという事に気がついた。

どうせまた一時間後には、彼女の相手をしなければならないのだ。ならこの時間は最大限、領地のために使わなければ。それが今僕のすべき事だ。

向かうは自分の執務室、てんこ盛りの仕事を置きっぱなしにしている机である。

「ルステンさん」

部下が僕を呼ぶ声に、ハッとしながら顔を上げた。

執務室で仕事をしていたら、必要な資料が資料室にあると気がついたのだ。それで取りに来たのだが、「ちょっとだけ」と思って資料を開いて、気付いたらそのまま読みふけっていた。

壁にかかった時計を見れば、もう一時間経《た》っている。

「領主様のところには、既に案内を行かせました。じきに執務室にいらっしゃると思いますので、ルステンさんも戻ってください」

「そうか、分かった」

言いながら、開いていた資料を閉じ、立ち上がる。

既にテーブルに積み重ねていた他の資料のてっぺんにそれを置き、下ごとヨイショと持ち上げた。全部で五冊の資料たちは、一冊ずつがそもそも分厚い。両手にズッシリとした重みを感じる。

しかしこれはこの領地の歴史の重さだ。そう思えば、苦手な力仕事もそう苦にはならない。

そもそも僕は、過去に「平民だから雑用をやっておけ」と一日中資料運びをさせられた事がある。その時の大変さを、部下にも味わわせたいとは思えない。

自分が使う資料くらいは、自分でちゃんと持っていく。領主代行になってからも、その精神を忘れた事は一度もない。

早足で執務室の前まで戻ると、少しだけ開いていた扉の向こうから、話し声が漏れ聞こえてきていた。

先程の部下の言葉を思い出し「急いだつもりだったが、あちらの方が早かったらしい」と考える。

扉が少し開いているのは、ドアストッパーがかませてあるからだ。

資料室に行く時は、帰りに両手が塞がる都合上、一人でも扉が開けられるようにと、よくそういう事をしている。

ストッパーに気がつかなかったのか、それとも遠慮して敢《あ》えてそのままにしているのか。どちらなのかは分からないが、もしかしたらこれは僕にとって、一種の好機なのかもしれない。

今なら、あの令嬢の素が見られるかもしれない。

僕が戻ってきた事に、中の人間たちはまだ気がついていないようである。ならば。

ドアにゆっくりと耳を寄せる。

中の声に意識を集中させると、中の会話が一層よく聞こえるようになった。

「えぇ？　フーったら、もうこの館内の配置を覚えてしまったの？　まだ案内もしてもらっていないのに」

「メイドたるもの、一度外観を確認してから少し中を歩けば、そのくらいの事は分かります」

「中を歩く……って、あ。もしかして、さっき一度『お手洗いに』と私に暇《いとま》を告げたのは……？」

「あくまでもついでです」

シレッとそう答えた声に、令嬢がフフフッと控え目に笑う。

「いったいどちらが『ついで』なんだか」

「何です、ダニエル。言いたい事でもあるのですか」

「どっちかっていうと、職務上館内構造を早めに確認しておきたいのは、俺の方だと思うんだけどな」

いじけたような男性の不服声が、女性二人の会話に割って入った。

あの令嬢のお付きの内、一人はメイド。もう一人は騎士だった。おそらく彼は後者だろう。

そう考えれば、たしかに彼の言う通り令嬢の身の安全を確保するべき立場の彼の方が、周辺環境を知っておく優先順位は高そうだ。

が。

「貴方の仕事は『アリステリア様の側《そば》で護衛をする事』でしょう。たった一人の騎士です。周りの状況よりも何よりも、まずはお嬢様のお側を離れない事が仕事の筈です」

メイドの声が、そう言った。まぁたしかに一理ある。

「いついかなる時もお側を離れず、いざとなればその無駄に鍛えた筋肉で身を挺《てい》してお嬢様の盾になる事こそが、貴方の存在意義でしょう」

ん？　ちょっと言いすぎか？

「いやいや俺も一応騎士だし、できれば筋肉を盾にする前に、剣を抜いて戦いたい」

「仕方がないですね、許可しましょう」

メイドが許可を出すのかよ。

「じゃあ、ついでにトイレに行く許可も」

「ダメです、仕事なさい」

「じゃあどうすんだよ」

「漏らせばいいでしょう」

「えぇ、やだよ」

シレッとメイドに人としての尊厳を奪われたところで、騎士が情けない声を上げた。

いやいや、っていうか、そんな状態で守られるのは公爵令嬢が嫌だろう。令嬢も、その会話の後ろでクスクスと笑っている場合ではない。

「いざとなればちゃんと行ってきて？　本来は、私にそこまでの護衛も要らないのだし」

「いや、それはなぁ……」

「お嬢様が意外と武闘派なのは承知していますが、公爵令嬢としての体面は取り繕っていただかなければ」

「要らないものを連れて歩くのは、窮屈ではあるんでしょうがね」

「そんなふうには思っていないわよ。いつもとても助かっているわ」

ん？　何だ今の会話。意外と武闘派？　あの華奢《きゃしゃ》な令嬢が⁇

「しかし、うーん、そうね。今後領主館にいる時に常にダニエルがお手洗いを我慢しなければならないのは可哀想《かわいそう》だし……。あ、では後で、どなたかに一度館内を案内していただけるよう、お願いしてみましょう。私も一緒に行くのなら、ダニエルも見て回れるでしょう？　館内の危険度判定が済めば『私を安全地帯に置いてお手洗いに行く』という体裁も整えられるでしょうし」

「いやぁ、ホントに面目ない。俺のトイレまで心配してもらって」

「えぇ本当に。まったく、ダニエルがもよおさない生物になれないばかりに、お嬢様に面倒を掛けて……」

「何フーお前、もしかして俺に『人間やめろ』って言ってる？」

令嬢の素が聞けるかと思って聞き耳を立てていた僕は、この一部始終をしっかりと脳内で咀嚼《そしゃく》していた。

何なんだこの、シュールな軽口は。そもそも『もよおす』だの『もよおさない』だの、どう考えても令嬢と従者の間で出す話題ではない。

気がついたら笑いのツボに入ってしまって、笑いすぎでゲホッとせき込んだ。

そこでやっと我に返る。そうだった。今は盗み聞きの最中だ。

反射的に口を押さえようとしたが、それがまたよくない結果を生んだ。

片手持ちになったせいで、持っていた五冊の資料の重心がずれる。ヤバいと思った時には、もう遅い。

バサバサバサッと資料が床に落ち、拾わねばと焦ってしゃがみ込む。その時だ。すぐ近くでキィという音がして、頭の上から影が落ちてきた。

反射的に顔を上げると、目の前の扉が開いていた。中から騎士が、僕を見下ろしてきている。どうしよう、多分盗み聞きがバレた。

咎《とが》められる。そう思えば、半ば無意識のうちに唇をギュッと引き結ぶ。

汗腺という汗腺から、冷や汗がブワッと噴き出してくる。

「大丈夫か？」

「は、はい。落としてしまっただけなので」

言いながら、慌てて落ちた資料に手を伸ばす。すると、上から落ちてきていた影がスッと消えた。

その代わり、彼がすぐ近くで中腰になっている。

彼は別に普通だった。こちらに嫌悪感を抱くでも呆《あき》れるでもなく、ただ平然と、いやそれどころか鼻歌でも聞こえてきそうなほどに気軽な様子で、テキパキと資料を拾ってくれている。

彼の後ろから嫋《たお》やかな声が「大丈夫ですか？」と聞いてきた。しかしビクッと肩を震わせた僕とは裏腹に、彼は「平気ですよ」と軽く応じながら、三冊目を拾ったところで立ち上がる。

僕の手元に残りの二冊があるから、床にはもう何も落ちていない。立ち上がると、ちょうど彼が爽やかな笑顔と共に「どうぞ」と言いながら、片手で扉を押さえてくれているところだった。

親切な騎士に若干の警戒と居《い》た堪《たま》れなさを感じながら「……どうも」と言葉を返し、促されるままに執務室に入る。

応接用のソファーをチラリと見れば、すまし顔のメイドを背中に置いた、立派な貴族令嬢が座っていた。とてもじゃないが、つい先程まで従者のトイレの心配をしていた人だとは思えない。

「これ、どこに置く？」

「あぁえっと、ではその机の上にでも」

執務机を指定すれば、騎士は「オーケー」と言いながら、拾った三冊を机に置いてくれた。僕も持っていた二冊を置いて、やっとソファーに足を向ける。

「申し訳ありません、お待たせしまして」

「いえ、こちらこそ。時間を作っていただいて感謝しています」

公爵令嬢は席から立つ事こそしなかったが、相変わらずにこやかに腰の低い事を言う。

普通は今日着任する領主として、上下関係を明確にしておきたいものなのではないのだろうか。

結局先程の盗み聞きでは、この令嬢の腹の底は読めなかった。どこまで強く警戒すればいいのか、まだいまいち測りかねる。

「お仕事の時間をいただいている身ですし、早々に本題に入りましょう」

手振りで着席を促され、令嬢の向かいに腰を下ろす。

一体何を言われるのか。そう思えば、膝の上に置いた拳に、思わずギュッと力が籠った。

想像の中の公爵令嬢が、今のにこやかな顔のままで暗に「私に従え」と言ってきたり、「私が来たからには一層の発展を約束しましょう」と言ってきたりして、憂鬱になる。

前者は暴君、後者は慢心。どちらも僕が矢面に立って戦う必要があ――。

「現在の領地と領主館の状況について、誰よりも一番この領地を知っている貴方の口からお聞きしたいのです」

「え」

思わず間抜けな声が出た。おそらく顔も間が抜けているだろう。

でも、仕方がないじゃないか。てっきり僕はこの令嬢が、この領地の何もかもを全部知ったような顔で、何か話をするのだと思っていたのだから。

それが「僕の口から状況を聞きたい」？　どうしてこれが、ポカンとせずにいられるだろうか。

しかし僕のこの戸惑いを、どうやらあちらは別の意味に受け取ったようである。

「やはり忙しいですか？　領地の状況なんて、そう簡単にすべて伝えきれるような事でもありませんし。でしたら、そうですね……。ルステンさんが信頼を置く部下の方からでも構いません。どなたか現場を知る方に、お話を聞きたいのですが」

「あぁいや、ぼ……私が話をさせていただきます」

勘違いからくる気遣いを丁重に断れば、彼女は少しホッとしたように「よろしくお願いします」と言ってくる。

こうして僕は戸惑いながらも、彼女の質問に答える形で、領地に関するあれこれを話した。

内容は『現在どんな産業が盛んなのか』や、『今後力を入れたい分野はあるのか』などの領地経営そのものの話に始まって、『普段領主館では、どのような作業が多いのか』『どのくらいの分量の仕事を何人くらいで片付けているのか』などの文官業務の話まで。本当に多岐にわたっていた。

大方の質問には即答し、彼女もそれに納得した。

しかし、僕が「本当に、聞き取りだけでスムーズに終わりそうだ」と思った時だった。

それまでは質問し僕に話をさせるスタンスを崩さなかった彼女が、確認のようなニュアンスで聞いてくる。

「クレーゼンでは質のいい牛肉が名産ですが、領内消費量も多いのですね」

「えぇそうですが……よくご存じですね」

「報告書に書いてありましたから」

たしかに書いた。しかしそれは、税収の内訳を示すための参考資料の区分の一つ。そうでなくても王城の連中は、最終的な税収と国に納める金額にしか興味がない。普通はそこまで見ないだろう。僕だって、何も見てもらえると思って、あそこまで詳細に記載していた訳ではない。

ただの自己満足だ。クレーゼンの事なら、誰よりも僕がよく知っている。そんな自負を満たすための。

それを、目の前の令嬢は「読んだ」と明言している。

面食らった。我ながら、毎回出来上がったものを見て苦笑するレベルの詳細さだ。何故読んだのか、読む気になったのか。それがただただ疑問だった。

そんな僕の内心を見透かしたかのように、彼女は小さく苦笑する。

「これでも一応は、次期国王の伴侶になるための実績作りの着任だったのです。提出された資料にすべて目を通しておくのは当然でしょう？　それに」

そこまで言うと、令嬢はふわりと微笑んだ。

「貴方の丁寧な報告書からは、このクレーゼンへの確かな愛を感じました。熱心な文官がいる領地なのだと心強く思えば、報告書を読むのも楽しかったです」

自分の頑張りを、領地を大切に思っている事を、遠い地の顔も合わせた事もなかった人が感じてくれていた。そう知って、予期せず、何より年甲斐《としがい》もなく、涙が出そうになってしまった。

グッとお腹《なか》に力を入れてその波を必死に堪《こら》えていると、彼女が一つ問いかけてくる。

「ところでルステンさん。報告書には記載がなかったのですが、牛の運用をしているのに牛乳の流通はないのですか？」

「そう、ですね。たしかに流通分はほぼありません。牛乳がまったく飲まれないという訳ではないのですが、市場にはあまり、という感じです」

感動を紛らわすにはちょうどいい。そう思って、思考を巡らせる。

流通しない牛乳を嗜《たしな》む事は、畜産農家などの限られた人だけのちょっとした特権なのだと聞いている。

僕もクレーゼンに来て少しした頃に先輩の伝手《つて》で飲ませてもらった事があるが、逆に言えばその一度きりだ。町中では売っているのを見た事もない。

「せっかく牛乳が取れる牛がいるのに、何故クレーゼンでは牛乳が流通していないのだと思いますか？」

「え」

考えた事もなかった。

何か理由があるのだろうか。分からない。思いつかない。

素直に「分からない」と答えようと思ったが、口を開きかけて躊躇《ちゅうちょ》した。まっすぐにこちらを見据えてくる彼女の穏やかな碧眼《ブルーアイ》が「いくらでも待つからちゃんと考えて」と促しているような気がしたからだ。

彼女から少し目をそらしつつ、慌てて脳みそを回転させる。

何かないか。何でもいい。そう思い、どうにか一つ捻《ひね》り出す。

「……そもそもこの領地には、一般的に『牛乳を飲む』という習慣がありません。想定需要が読めない商売に、商人たちが手を出す事を躊躇したのでは？」

言ってみて、我ながらわりと的を射ているのではないかと思った。

商人は損得勘定がシビアだ。労働以上の成果が見込めない事には、そもそも手を出したがらない。商人が買ってくれないのなら、畜産農家も牛乳を商品にする事はできない。だから牛乳の認知度はいつまでも上がらず、需要が生まれない。

需要が生まれないから商人は……という堂々巡りになっていると考えれば、この領地に牛乳が流通しない理由も十分説明できそうだ。

「特に生ものは足が早いから、売れ残れば赤字に直結する。だから中々手を出しにくいっていうのも、もしかしたらあるのかもしれません」

僕の説明に、彼女はニコリと微笑んだ。

ホッとする。どうやら合格点だったようだ。そう思った。

しかしその安堵《あんど》も一瞬だ。彼女はその穏やかな表情のまま――ゆっくりと首を横に振る。

「たしかにルステンさんの言も、理由の一端とは言えるでしょう。しかし根本原因はおそらくそこではありません」

「というと？」

特に興味がなかった、考えた事がなかった事でも、一度考えていい答えが出せたと思ったところを違うと言われると、何だか答えが気になってくる。

しかしそれは逆に、気軽に聞き返したという事でもあった。ちょっとした興味本位だったと言い換えてもいいかもしれない。

だから少し驚いた。

「クレーゼン領で牛乳が流通しないのは、領地全体が現状に満足してしまっているからです」

領地全体が。もちろんそこに引っかかった。

彼女が導き出した答えは、自分の仕事の領分にある。そう指摘されたのだと気がついた。

しかし『現状に満足している』というのは、領民が生活において不自由を感じていないという事だ。それはいい事なのではないのか。

「新たな挑戦に手を出す必要性を感じない。挑戦し失敗する危険を冒さず、現状維持を優先する。それはいい事ではないですか。領主館の役割は、領地に住まう領民の幸せを作り、維持する事なんですから」

つまり、領主館はきちんとその役割を果たせている。

そう言うと、彼女は「そうですね」と独《ひと》り言《ご》ちながら、一度ゆっくりと目を伏せた後、改めて僕の方を見据えた。

限りなく澄んだ碧眼だった。その真剣さに、綺麗な色に思わずドキッとさせられる。

「たしかに組織も商売も領地経営も、一定の水準を超えれば一度安定期に入ります。今このクレーゼンはその時期の中にあるのでしょう。しかし長期間の現状維持は、停滞という言葉にも置き換えられます。ずっと停滞を続ける事ほど、難しい事もありません。停滞を許容し続ければ、やがて維持できなくなってしまいます。クレーゼンは、ゆるやかに衰退していくでしょう」

予言のようなその言葉に、僕は何故か既視感を抱いた。

一体どこで聞いたのか。そう思い、思い出す。

一度だけ王城で読んだ事のある、持ち出し禁止の『領地経営に関するある論文』。分厚いその論文には、領地経営に関する新しい基本理念の提言と、それに基づく実際の領地経営の記録。それを経て得た実りと教訓が綴《つづ》られていた。

中でも最後の章に書かれたある一節は、とても印象的だった。

現状維持の精神は、領地経営の敵である。発展のための努力の結果、現状維持になるのとは違い、維持の精神は停滞を生む。

停滞はいつまでも続かない。やがて緩やかに下降する。

怖いのは、当人たちはその事実に、中々気がつけない事だ。真綿で首を締めるかの如《ごと》く、気がつけば手遅れになっている事がある。

それを読んだ時、僕は「経験者だからこそ言える、実に重みある言葉だ」と思ったのだ。

彼女が「まぁこれはお祖父様からの受け売りで、私の言葉ではありませんが」と言いながら微笑んだ。

あぁそういえば、あの論文を書いたのは、彼女の実の祖父にあたる人だった。

「現状を維持したいという、領民の気持ちはよく分かります。誰だって、今ある幸せが壊れるのは怖い。守りに入りたくなるのは仕方がないし、理解もできます。しかし私たち領地経営側は、決して停滞を許容してはいけません」

「それは私たちに『領民たちに発展を強いろ』という意味ですか……？」

彼女の言いたい事は理解できる。しかし理想論のように聞こえた。

それこそ現場を知らない人間の、この地に住まう人たちの事を考えもしようとしない提案のように。

現状維持を望む領民の気持ちが、愛想のいい笑顔と巧みな話術で無理やりに捻《ね》じ曲《ま》げられようとしている。そんなふうに感じた。

せっかく僕の報告書を、クレーゼンの頑張りを、認めてくれる人が現れたと思ったのに。そんな悲しみと共に、「ここで僕が言いくるめられたら、クレーゼンはどうなるのか。僕が戦わなくて誰が戦うのか」という使命感が燃え上がる。

「クレーゼン領はこれまでずっと、領民に寄り添う領地経営を行ってきました！　新しい事業の案を募集し必要に応じて補助金を出す事で後押しをする『新事業開発補助策』は、領民のやる気に応えるための我が領特有の仕組みです。今日《こんにち》のクレーゼンの発展は、この政策を採用し領民が自らのやる気の下に努力を重ねてきた結果です！　領民の意思を尊重する事は、我が領の誇りだと言ってもいい!!」

先程の彼女の言葉は、そんな人たちへの、今のクレーゼンへの否定だ。

領地の誇りを簡単に「捨てろ」と言ってくるような人に少しでも心を許しそうになってしまった自分自身への怒りも相まって、思わずダンッと机に手をつく。

相変わらず、彼女は微笑を湛《たた》えていた。僕の反論なんて効いていないのか、むしろ嬉しそうにさえ見える。

僕やクレーゼンを舐めているのか。そう思えば更に腹が立った。

そんな僕に、彼女は静かに「分かります」と口を開いた。

思わず目を見開くと、彼女は穏やかに話し始める。

「私としても、誰かに何かを強いるような事はしたくないと思っています。個人的に、そこに住まう方たちの感情を蔑ろにしてまで領地の発展を目指すのは本末転倒だと思っていますし、仕事として考えても、意欲がない方に無理に発展を求めたところで生産性に欠けます。きっと長続きもしないでしょう」
彼女は相変わらず、柔和な表情を崩さない。印象的な彼女の澄んだ瞳も、別に眼光が鋭い訳ではない。

にも拘らず、今目の前にいる彼女から、先程までは感じなかった統治者の威厳をたしかに感じる。

「私たち領地経営側の存在意義は、この領地と領民の生活を長期間にわたって更新し続ける事です。ですからそれを損なう無理強いのような手段には、私も反対です。貴方もそうであってくれて、とても嬉しく思います」

彼女には、立場が上の相手に声を荒らげた僕を叱責する気などないようだ。むしろ嬉しいだなんて、僕がよく知る権力者なら、絶対に言う筈のない言葉だ。

統治者と、僕がよく知る権力者。両者はまったくの別物なのだと、胸に直接刻み込まれたかのような気持ちになった。

そして何より、『停滞でもなく維持でもなく、更新し続ける事が僕たちの存在意義』。その言葉が妙にしっくりと来てしまった。

もし本当に彼女が言うように、現状の維持を望む領民に無理強いをせずにクレーゼンを発展させ続ける事ができるなら、これほど素晴らしい事もない。

僕は素直にそう思った。

しかしそんな事が可能なのか。それにはまだ疑問が残る。

「領民に今以上の向上意欲がないのなら、まずはそれを育てるところから始めなければなりませんね」

「そんな事を言ったって、意欲の在処《ありか》は人によって様々です。ノルマを達成した時の爽快感や、誰かの笑顔やお礼の言葉、はたまた金銭的な利……。それらを一様に叶《かな》えるなんて」

不可能だ。そう続ける筈だった言葉は、声になる前に否定された。

「たしかに難しい事でしょう。しかし同時に私たちは、領地規模で領民の暮らしを改善する事ができる、唯一の立場でもあります。ここで諦めてしまったら、既に始まってしまっている衰退を止める者はもう誰もいません。ですから、よく考えてみてください。どうすれば実現できるのかを。この現状を打破するための骨組みは、もうこの領地に存在しています」

そんなもの、本当に存在しているのだろうか。

現状維持を願うあまり新しい事をするのに躊躇う人たちを、後押しするような骨組みなんて――。

「……新事業開発補助策？」

「正解です」

呟《つぶや》くように言った僕に、彼女は満足そうに微笑む。

一瞬ホッとしたが、ちょっと待て。まだ何かが頭の片隅に引っかかっているような気がする。

その正体は、何なのか。先程彼女は何と言ったか。

たしか『既に現状を打破するための骨組みはある』と。そして『既に始まってしまっている衰退を』と……。

ハッとした。

クレーゼンが、既に衰退し始めている？　……そういえば、王都のあの論文には「気がつけば手遅れになっている事がある」と書いてあった。今がそうだというのか？

だとしたら何故、いつから。そもそも彼女はどうやって、それに気がついて……！

執務机をバッと振り返る。そこには先程置いたばかりの、五冊の資料が積んである。

気がつけば、机に向かって突っ込むように足を進めていた。資料の一冊を手にすれば他のが床にバサバサと落ちたが、そんな事を気にしている場合ではない。

先程彼女が言っていた。王城に提出した僕の報告書には、すべて目を通したと。ならその複製が綴《と》じられているこの資料の中に、きっと答えがあるはずだ。

開いて、捲《めく》って、捲って、捲って。該当のページに目を走らせる。

数年分、目を皿のようにして数字の変遷を辿《たど》り。

「……見つけた」

絶望と呆然《ぼうぜん》がない交ぜになった気持ちで、僕は呟いた。

新事業開発補助策で、新事業の支援金として使えるようにと割り当てた予算と、その消化率。その数字が、ここ数年で年々ゆるやかに下降し続けている。

ふらつく足を支えるように、両手を机の上に置く。

「たしかに領地運営がいい状態で安定するようになってから、それまで多めに見積もっていた新事業開発補助策に係る予算は、一度大幅に減らした記憶はある、が……」

一旦予算を絞って以降は、たしか他の予算の見直しと同じ扱いにした筈だ。つまり、使わなかった分の予算は、次年度から減らすようにしていた。

それらはすべて、他の必要な場所に予算を使うためである。よかれと思ってそうしていた。しかしそのせいで、クレーゼンの未来に暗雲を呼び込みかけていた……？

冷や汗がドッと噴き出てくる。呟いた声は震えていた。

強制的に理解させられた。

領地発展の要だった新事業開発補助策の事業規模が、知らぬ間に縮小し始めていた事。

これが停滞の原因だ。

きちんと機能していると思っていたものが、実際にはうまく機能していなかった。これほどまでに恐ろしいものもない。

「時が経てば、環境や人の心に変化が起きるのは普通の事。当初は最適だった決め事も、いずれは改める必要が出てきます。今がちょうどその時期なのでしょう。しかし純粋な政策の改定だけでは、不十分かもしれません。政策を実行していく側の意識改革も必要でしょうね」

囁くような彼女の声に、促されるようにして考える。

意識改革、とは何だ。減り続けた予算の数字と、何か関係があるのだろうか。……いやまずは両者の関係性よりも、目の前にある問題点を明確にし、どうすればいいかを考える事が先決だ。

そもそも今回の問題点は、減り続けた予算そのものではない。

予算はあくまでも『その年に使う予定の額』だ。必ずしもその金額の範囲内に収める必要はない。もし減ってしまったとしても、用途を決めずに用意している『予備予算』を使えば、予算以上の金額を投じる事もできたのだ。しかし実際にはここ数年、そんな機会もまったくなかった。

問題は、新事業開発補助策にお金を使う機会がなかった事である。では、何故そうなったのか。

また、資料の中に目を落とす。答えを探して確認したのは、新事業開発補助策関連のあれこれを纏めているページ。そして。

——あぁ減っている。

思わずガクッと肩と落とした。

僕の目の先にあったのは、年間の領民からの提案数とその採用数だ。提案数も少しは減っているが、それ以上に採用率が目に見えて減っている。

そこまで気付いて、やっと彼女の先程の言葉の意味を理解した。

僕たち領地経営側が、領民への援助を減らしてしまっている。彼女の先の言葉を借りて言えば、理由はおそらく「無意識のうちに挑戦を怖がって」だ。

これはたしかに、政策を実行していく側の意識改革も必要かもしれない。

「……領主代行として、領民から集めた税金を無駄遣いする訳にはいかなかった。危ない橋は渡れない」

言い訳じみた声が口から漏れた。

彼女は律儀に「そうですね」と相槌《あいづち》を打ち、一つ提案をしてくれた。

「では無駄遣いにならないようにしながらも、高くなってしまっている採用のハードルを下げる方法はないでしょうか」

彼女の言葉に導かれるようにして、考えてみる。

しかし元々、できていない事だ。できない理由しか思いつかない。

「……成功させるための障害があると分かっていながら、易々と認可する事はできません」

「ならばその障害を取り除くために、私たちにできる事はないでしょうか」

「問題の多くは、発案者の展望や目算の甘さと、専門的な知識の欠如ですから」

「なるほど。ならば発案者と専門的な知識を有している方――たとえば商人が発案者となって牛乳を流通させたいという案が挙がった場合には、私たちが畜産農家に話を通して三者で情報交換ができる場を設ける、という事ができれば、現実的にクレーゼンで牛乳の流通が可能なのかどうか、その取り組みが予算をかけるに値するものなのか、評価しやすくなりそうですね」

たしかにそれはそうだろう。しかしそんなのした事がない。それこそ労力を割いてまで、やる意味がある事なのか。結果が出るか分からないところに時間的投資をするのは……いや、こういう考えがよくないのか。

そもそも新事業開発補助策は、領民に投資するための政策だ。投資自体を怖がってどうする。

「……もしそういう場を作ったとして、有識者が話し合いの場に来てくれるかどうか」

「それこそ私たちの腕の見せ所でしょう。きちんと新事業の趣旨を説明し、先方にも利がある事をうまく伝える事ができれば、話し合いのテーブルについてくれる方も出てきてくれそうではないですか？」

そうかもしれない。そのための説明と説得には少々骨が折れそうだが、それがクレーゼンのためになるというのなら、それを行うのが僕たちの仕事だ。

「しかし専門知識を伝えると言っても、家業の知識と経験は大半が親族継承なのです。門外不出の代物であり、継承方法は先代の背中を見て覚えます。そのため有識者と呼べるような人たちの中には、うまく知識と経験を言語化できない人もいて。実際に、発案者が有識者の場合に、障害になっている問題の解消方法は分かっているようなのに、こちらにそれをうまく伝えられず補助金を出すには至らない、という事もありました」

「たしかに有識者が言語化を苦手にする事そのものに対しては今すぐの対処は難しそうですが、体では覚えているという事であれば、現場へ視察に行く事で分かる事もありそうですね」

「なるほど、視察に……」

思わず唸《うな》る。

打てば響くような彼女の返しに、思考は非常に捗《はかど》った。現状で行うべき最善が、大分輪郭を帯びてきている。

が、これらを実現するとしたら、まだ大きな問題が一つある。

「すべてやるには、手間がかかりすぎる」

呟きながらまた、考える。

領主館の仕事は何も、この政策に関わる事だけではない。

やるべき事はたくさんある。そして他の仕事の大半は、クレーゼンの今を維持するために必要不可欠だ。それを滞らせてしまっては、ゆるやかな衰退より前に、クレーゼンが立ち行かなくなる可能性もある。

ならば。

「僕がすべきは、どこまで政策に手をかけるかの線引きと、人員配置の見直しか」

たとえば、発案者と有識者双方を集めて会議を行うのなら、その回数制限や『その間で実現の目《め》処《ど》が立たないものは白紙に戻す』というルール作りなど。

それを決めずに運用すれば、現場は間違いなく混乱する。なるほど、こうやって必要な事を洗い出し、政策を改定していけばいい訳だ。

「意識改革も、従来のやり方を変える事も、最初は間違いなく方々に戸惑いを呼ぶでしょう」

思考の海に沈みかけていた僕の意識を、優しい言葉が引っ張り上げた。

目の前の彼女は依然として、悠然とした微笑みを湛えていて。

「しかし心配は要りません。貴方がクレーゼンと文官たちに誠実である限り、いずれその正しさを分かってくれる時が来ます。たとえば私が貴方の報告書からその想《おも》いを汲《く》み取れたように、貴方の仕事や頑張りは、必ず周りが見ています」

その言葉にはきっと、期待と信頼が乗っていた。目の前のこの立派な人にそう思ってもらえている事が、嬉しかった。

「一つだけ気を付けてほしい事があるとすれば、無理をしすぎないようにしてほしい事ですね。貴方が普段からどれだけ頑張りを超えた無理をしているかは、その目の下に刻まれた濃いクマが証明してくれています」

思わず目元に手をやると、かけていたメガネの縁が指に当たった。

彼女は優しげに、包み込むような笑みを浮かべる。

「貴方は今、クレーゼンの要です。貴方が倒れれば皆が困りますし、心配するでしょう。そうならないためにも、もう少し周りに頼ってみるといいかもしれません」

心配と助言。温かみのある彼女の言葉に、何とも言い難い気持ちになる。

何だかこの一時間ほどの彼女との会話で、これまでの自分の頑張りがすべて報われたような気にさせられた。

そのお陰か、これから間違いなくやるべき事が多くて大変になるというのに、意欲が最大値に近い。今なら何でもできる気がする。

これまでの人生経験から、僕は貴族が嫌いだった。貴族に碌なやつはいないと思っていた。

でも今目の前の令嬢には、そんな身分や肩書では語れないものを感じている。そういう人もいるのだという事を、僕はもう知れている。

「――貴方が未来の王妃なら、この国も安泰だな」

ポロッと口から漏れたのは、心からの本音だった。

彼女が王太子の婚約者に選ばれた理由が、ストンと綺麗に腑《ふ》に落ちていた。こんな人になら、クレーゼンも任せて大丈夫。そう素直に思う事ができたのだ。

だから驚いたのである。

「お褒めにあずかり光栄です。まぁ私、もう王太子殿下の婚約者ではないのですけどね」

「……は？」

キョトンとしたアリステリア様が、苦笑しながらまさかの一言を放った。

しかし流石に嘘だろう。……いやいやいやいや、まさかそんな。

否定を求めて、彼女を見た。しかし返ってきたのは、眉尻を下げた困り顔だ。

「実は私、先日王太子殿下に婚約破棄を言い渡されたのです」

「え」

「クレーゼンに来たのは、その慰謝料代わりにこの土地の統治権を貰《もら》い受けたからで」

「えっ」

「あぁでも安心してください。この領地の運営実務の采配は、引き続きルステンさんにお任せするつもりですから」

「えぇっ!?」

最早どこから驚いていいのかよく分からないが、とりあえずクレーゼン領を任せてもいいと思った僕の気持ちはどうしてくれる!?

「しかし『有識者たちは、自身の知識と経験を言葉で説明するのが苦手』ですか……。その辺の事情については市井で暮らせば、少しは詳しく分かるでしょうか」

え、貴族が何を言ってるんだ。

「あの、市井で暮らすつもりなんですか？」

「ええ。領主館にもあらかじめ『館内に宿泊する予定はない』と知らせていたでしょう？」

「たしかにそれは届いていますが……え、何、そういう事？」

思わず敬語も忘れて聞けば、彼女はまったく気にした様子もなく「えぇそうですよ」と言ってくる。

何故貴族の身分でありながら、わざわざ市井で暮らしたいのか。まったく意味が分からない。しかしどうやらそれが彼女の、希望らしい事は分かる。

——ならば、後押ししない理由はないか。

結局そういう思考に行きつき、僕は「はぁ」とため息をついた。

ならとりあえず、彼女の要望に適《かな》う、なるべく安全で綺麗な家を探そう。そのくらいなら僕の持つ伝手で力になれる。

そんな事を思いながら、彼女に市井で生活したい理由を一通り聞いた。

その内容に驚いて、真っ当な貴族もいるものだなぁと改めて感心したのだった。

第三章　平民アリスの勉強会①　上手《じょうず》な帳簿の読み方講座

クレーゼン領に移り住んでから、一ヶ月。

ありきたりな木造りの家で対面キッチンに立ち食器洗いをしていると、向かいから小さな呆《あき》れを孕《はら》んだ声が聞こえてきた。

「それにしても意外でした。まさかお嬢様が、これほどまでに家事がお上手だとは」

手元の食器から顔を上げると、カウンターに座っているフーが、いつもの無表情の中に小さな呆れを覗《のぞ》かせている。

今にも「そのような雑事、私がするのに」とでも言い出しそうな雰囲気だ。

しかし、今の私は市井に住む一般領民。彼らがする事は同じように、私もやるのが自然……というのは建前で、本当は十八年ぶりに家事ができるのを、結構楽しんでいる。

「元々家事、好きだったしね」

「元々？」

「あぁいえ、貴女《あなた》たちが仕事をしてるのを見るの、好きだったから。本当はずっとやってみたいと思っていたのよ、言わなかったけど」

まさか「前世では日常的にやっていたから」とは、とてもじゃないけど言えやしない。漏れた本音を咄嗟《とっさ》に誤魔化《ごまか》しながら、もうちょっと言葉には気を付けた方がいいかもしれないと反省する。

私が前世で培ったものは、何も家事だけではない。

ネット社会だ、スマホでちょっと調べれば大抵の情報は集められたし、前世では塾・英会話・水泳に華道に護身術など、色々な習い事もしていた。

貴族時代は徹底していたけど、市井での生活の方が前世での生活に近いせいか、社交界に身を置いていた時よりもボロが出やすいような気がする。

気を付けていないと、勘繰られそうだ。ちょっと肝に銘じておこう。

「屋敷でそのような事を言われなくて、よかったです。私は未《ま》だしも、周りのメイドたちはきっと卒倒したでしょうから」

「同行メイドに真っ先に手を上げてくれたのがフーだったお陰で、私は被害者を出さずに済んだのね？」

「少しは自重してください、という意味です」

フーにそんな指摘をされながら、私はつけ置きしておいた食器をまた一枚手に取って、目の粗い布で擦《こす》り洗いする。

今世の市井では、洗剤の類《たぐい》はあまり普及していないらしい。

お陰で洗剤で手が荒れる事がないのはいいところかもしれないけど、汚れが落ちないのも気になるので、洗う前にあらかじめある程度汚れを拭き取っておく……という、前世の節約術を半分かじったような知識も、ここでは大いに役立っている。

「でもほら、そのお陰でこうして家事を当番制にしても、特に不自由なくできているんだし」

「二対一では勝てませんでしたからね。それでもすぐに、再度話し合いになると踏んでいたのですが……本当に予想外でした。お陰で私は仕事の半分を、お嬢様に取られてしまいました」

不服げなフーはきっと今「ダニエルが、お嬢様の提案した『家事の当番制』に了承さえしなければ」などと思っているに違いない。

即答で家事の当番制に「否《いな》」を唱えたフーに対し、ダニエルは「まぁまぁ。たしかに『二人にばかり家事をさせていたら、周りの人が不信がるかもしれないから』っていう話にも一理あると思わないか？」と私の味方になってくれたのだ。

しかし、実際に仕事が減ったのはフーだけ。元々ダニエルは力仕事担当だ。実質影響のない話に彼が広い心を示した事も、彼女の不服の一端なのだろう。

「そもそもダニエルは、お嬢様に対して甘すぎるのです。ここで着る服の件だって結局は、ダニエルの一声でお嬢様の言い分が通りましたし」

私とフーの意見が違うと、基本的に多数決になる。今ここには三人しかいないのだから、実質的に最終決定権はダニエルが持っているようなものだ。

「たしかにフーの『ワンピースのスカートは足が見えないすね下丈のものにしましょう』という提案には、『ここでは普通に着られている服だし、動きやすい。下にタイツをはいていれば素足が見える事もない』と言ってひざ丈にしてもらったけど、生地や肌と髪の手入れはフーの裁量に任せているじゃない」

本当は服の生地も市井の方たちと同等でいいのにと思ったし、社交界に出る予定もないのだから髪と肌の手入れも当分は不要なのでは？　と私は思ったのだけど、これに関しては彼女の「社交界にはいつ出る事になるか分からない」「髪や肌を手入れしているのに服の生地だけ市井のものに合わせると、チグハグになって却《かえ》って悪目立ちする」という言を受けて、折れたのである。

フーはセンスがいいから、もちろん彼女が選んでくれた町娘風のシンプルなワンピース自体には何ら不満はない。それどころか気に入ってさえいるのだけど、だからと言ってすべてが私の要望通りになったという訳でもないのである。

フーもその事には言い返す言葉がないのだろう。素直に「それはたしかにそうですけど」と頷《うなず》く。

「そうあまり怒らないであげてください。ダニエルも、今もあの通り薪割《まきわ》りを頑張ってくれているのですし」

窓の外に目を向けると、ちょうど斧《おの》を振り下ろすところのダニエルがいた。先程からずっと聞こえているカァン、カァンという音も、彼の勤勉さを示すには十分だ。

「あれは頑張っている訳ではありませんよ。一昨日くらいに本人が言っていました。『薪割りは、きちんと腹筋と背筋と腕筋を意識する事でいい鍛錬になる！』と」

彼女の言葉に、爽やかに笑いながら汗を拭いつつそんな事を言う彼が容易に想像できた。

「元々こっちに来て鍛える時間が減っているのを気にしていましたから、薪くらい好きなだけ割らせておけばいいのです」

素っ気なくそう言ったフーに私は「ふーん、そうなの」と言いながら思わずフフフッと笑う。

だって私は知っているのだ。口ではこんな事を言っているけど、彼女が何かと彼の事を気にしているという事を。

「そろそろいつも通り、休憩のタオルと飲み物を差し入れる頃合いなのでは？」

「それはまぁ、そうですね」

「そういえば昨日、フーが当番になっていた買い出しの荷物持ちをお願いしたわね」

「そ、それは、あの人が『トレーニングが足りない』と嘆いていたから、わざわざ気を利かせて荷物持ちをさせていただけです」

「ふぅん？」

でも、買い出しの荷物持ちという名目で二人が連れ立って出かけているのは、一度や二度の話ではない。

そもそもダニエルが私の騎士としてクレーゼンにまでついてきてくれた理由は「フーが行くと言ったから」だ。律儀な彼が「それでもいいですか」と言いにきた時、フーは顔を真っ赤にして「無礼すぎる」と言っていたけど、顔を赤くする理由は何も怒りとは限らない。

ちなみに私は、そんな彼の同行に二つ返事で許可を出した。

彼の竹を割ったような性格や人柄は人として好ましく思っているし、剣の腕も確かである。その上私はフーの味方だ。彼女を大切にしてくれるだろうダニエルとの仲を応援している。

フーと会話をしている間に、最後の食器を洗い終えた。

タオルで手を拭き、「ふぅ」と一息。用事も済んだし、出かけてこようかなと考える。

私が市井で生活しているのは、ここで色々な物を見て、聞いて、自身で感じるためだ。

そうする事で見えてくるものが、私にしかできない領民たちのための何かが必ずある。だから、空いた時間はそのために使う。

つまり、お散歩タイムである。


ここに住まう方たちを知る事が私の目的なのだから、もちろんご近所付き合いも積極的に行っている。その効果が出ているのか、最近は外を歩くと近所の方から気軽に声をかけられる事が多くなった。

今日は、ちょうど外に用事があったらしいダニエルと二人で家を出てわりとすぐに、見知った方たちに声をかけられた。

「あらアリス、どこ行くんだい？」

「こんにちはロナさん、リズリーさん。ちょっと中心街のお店に行こうかと」

話しかけてきてくれた、ターバンで前髪を上げているのがロナさんで、もう一人のポニーテールなのがリズリーさん。二人ともお喋《しゃべ》りが大好きで、正体を隠して「アリス」と名乗っているよそ者の私とも仲良くしてくれている、とても気さくでいい方たちだ。

よくこの辺で井戸端会議をしている面子《メンツ》でもある。おそらく今日もそうなのだろう。

「もしかして、また商店街の品ぞろえを眺めにかい？」

「えぇ」

中心街に出向く本当の理由は「市井ではどのようなものが流通しているのか」と「そこで暮らす方たちの様子」を知るためなのだけど、彼女たちはもちろん、実は私がここの領主で貴族でもある事は知らない。

知られてしまえば距離を取られて、見えなくなってしまうものもきっとある。

たとえば彼女たちと話していて、市井には前世で言うところのウインドウショッピングの概念がない事を初めて知った。

市井の方たちには、娯楽として買い物をする習慣がない。二人曰《いわ》く「お店には、必要なものがある時にだけ行く」のだとか。

前に「こんな暇の潰し方をするなんてとても贅沢《ぜいたく》な事なのよぉ？」と言われて少し驚いたけど、

よくよく考えれば、他の方たちが生計を立てるためにせっせと働いている時間を、私は散歩に使うのだ。たしかに贅沢かもしれない。

そういう、ここの方たちの生活に根付いた『常識』や『普通』を新たに発見する事こそが、私がここでやりたい事だ。だからなるべく、正体は隠して過ごしたい。

そういう意味でもこの二人には、とても助かっている部分がある。

「特に商店は私の地元とは違った品ぞろえで、何度見ても興味深くて」

「へぇ、やっぱりそういうのって、地域性が出るんだねぇ」

「流石《さすが》はいいとこの商会の娘さんー」

感心交じりに納得されたので、とりあえずニコニコと笑っておく。

積極的に嘘《うそ》をつくのも嫌なので、自分が何者なのかについては一度も明言していない。そのせいなのか、どうやらこの二人は私の事を『お忍びで市場調査もやっている、いいとこの商家の娘』だと思っているようだった。

二人曰く「育ちのよさが全然隠せていないからねぇ」らしい。その上「そうでしょ」と聞かれて言《い》い淀《よど》むと「まぁアリスにもきっと、家の都合とかあるのよー」という方向に誤解してくれて、今がある。

ちなみにこの話をフーにしたら、相変わらずのポーカーフェイスで「その服のコンセプトは正にそれです」と言っていた。

その表情の端っこに、少し自慢げなニュアンスがあったのは見逃さない。どうやらフーによる私の『市井擬態作戦』は、無事に成功を収めているらしい。

「ところでお二人共、何のお話をされていたのですか？」

「あぁそうだ、聞いとくれよ。うちの主人がひどくってさぁ、もう腹が立っちゃって」

何の気なしに疑問を口にすると、ロナが空をペチンと叩《たた》くような仕草をしながら言う。

別に今日は、決められた予定がある訳でもない。頭の端で「最悪ダニエルには途中で離脱して一人で用事を済ませに行ってもらおう」などと考えながら、「旦那さんが？」と首を傾《かし》げて、先を促す。

「もしかして何かの記念日を忘れたとか？」

「違う違う、仕事の話よぉ」

「お仕事、ですか？」

彼女たちが普段よくしているのは、日々の家事や買い物に行った時の話など。旦那さんの話自体はたまに聞く事もあるものの、仕事の話は初めて聞く。

「それがねぇ、最近家でずっと旦那の機嫌が悪いのよぉ。だから『どうしたの？』って聞いたんだけど、そしたら『店の状況がよくない』って言っててねぇ」

たしかロナさんの旦那さんは、商店街で小さな店を営んでいる。実は一度その店にも行ってみた事があるのだけど、たしか主に扱っていたのは生活雑貨だった筈《はず》だ。

「特段町全体の景気が悪いという感じは見受けられませんが、原因は？」

「それがねぇ、分からないのよ」

「分からない？」

思わずそう聞き返すと、リズリーさんが横で笑いながら「分からないっていうより、聞いても教えてくれないんでしょー？」と補足してくれる。

「そうなのよぉ、『お前にはどうせ分からん事だ』って。ほらあの人、頑固だから」

肩を怒らせて言うロナさんを、リズリーさんがポンポンと背中を軽く叩いて「まぁまぁ」と宥《なだ》める。

そういえば、前にロナさんが旦那さんの頑固さについて、愚痴を言っていた事があった。

頑固と一口に言ってもタイプは色々とあると思うけど、その時の話を思い出すに、おそらく彼は他人に頼るのが苦手で、そもそも言葉足らずだったり、一度考え込むと貝のように口を閉ざしてしまうタイプなのだろう。

そういう方は王城にもいたし、何なら前世にもたくさんいた。

特に前世では、いつも職場で上司から「報告・連絡・相談は社会人の常識だ。言ってくれれば、どうにかできるかもしれんだろうが！」と怒られている同僚がいたけど、彼女の言い分は「頼ったら負けじゃん」と、「報告したら絶対に怒るくせに」だった。

それを聞いた当時、私は「そんな頑《かたく》なにならなくても。普通に頼ればいいじゃない」と思ったけど、それこそがその方たちにとっては、中々に難しい事なのだろう。

「うちの旦那は特に『生産性のない話し合いは無駄だ』と思ってるような人だから、尚更《なおさら》私には話したくないんだと思うけどねぇ」

そう言って、彼女はハァーッとため息をつく。

珍しい。愚痴を聞く機会は何度もあったけど、ここまで深いため息をついている彼女を見るのは、もしかしたら初めてかもしれない。

「たしかにしつこく聞いた私もちょっとは悪かったかもしれないけどさぁ、『女には関係ない！口を出すな！』って声を荒らげて怒るのは、流石にひどいと思わない？」

「分かるー。そもそも関係ない筈がないのよー。だって同じ屋根の下で暮らして、財布だって共用なんだしさー」

「そうなのよぉ。最近は旦那の機嫌が悪いせいで、家の中もずっとギスギスしてるし」

「うわー、考えただけで気が滅入《めい》るー」

「でしょぉ？　本当にもう、言ってやってよぉ」

そんな二人のやり取りを横で聞いていて、私は目を伏せがちにしながら「なるほど」と考える。

たしかに人間、誰しも機嫌がいい日もあれば悪い日もある。それは仕方がない事だ。

しかしそれが長期間にわたり共に暮らす相手の居心地を悪くしているとなると、少し話は変わってくる。

彼女は「最近は」「ずっと」と言った。おそらくここ二、三日ほどの話ではない。

それどころか、問題が解決しない限りこの先長引く可能性もある。そう思うと、早めに悩みを共有するなり、解決策を探るなり、どちらにしても二人できちんと話し合う時間を取った方がいい気が――。

「まぁたしかに、実際に相談なんてされたところで商売の話なんて分からないし、『話したところでどうにもならない』っていうのは、まったくその通りなんだけどねぇ」

「それはそー」

無理やり明るさを作ったようなロナさんの声に、リズリーさんが笑いながら同意する。

驚きと共にロナさんたちを見ると、そこにはいつもと同じようでいて、少し違う様子の二人がいた。

共感と憐みの籠《こも》った目のリズリーさんと、何かを諦めたような表情を覗かせるロナさん。先程私がロナさんの声にカラ元気な印象を受けたのも、おそらく気のせいではないだろう。

無理やりにでもロナさんが自身を取り繕ったのは、きっと私たちに気遣わせないためであり、自分を納得させるためでもある。

――これは仕方がない事だ。

二人の、特にロナさんの表情、声、言葉。すべてが、そう言っているかのようだった。

私はそこに、昔の自分を見た。

状況に流され、他人に流され、どうにもならない事なのだと現状をただ漫然と受け入れる。それが最も楽であり、周りからの反感も買わない生き方だと本気で信じていた。疑った事などまるでなかった。そんな前世の自分自身を。

「あの、一度ちゃんと膝を突き合わせて、旦那さんとお話ししてみては？　そうして初めてお互いに分かる事もあると思うのです」

気がついたらそう口にしていた。

言った後で「差し出口だったかもしれない」と少し思ったけど、これは間違いなく私の本心だ。

もちろん人と人との関わりの中には、本人の前ではどうにか耐えて、裏で少し愚痴を言って、ストレス発散して日常に戻る……という方法もあるだろう。けど。

「ロナさんは、たしかに旦那さんの愚痴を言う事もありますけど、旦那さんの事、好きでしょう？」

嫌いな相手なら、私は別に無理に対話をする必要はないと思う。しかし彼女が旦那さんの愚痴を言う時は、必ず言葉の端々に愛情があった。

その度に私は「あぁ、何だかんだ言いながらも、ロナさんは旦那さんの事が大好きなのだな」と思った。

今のだって、もちろん腹が立ったのは事実だろうけど、少なくとも私には、問題を一人で抱え込んでしまっている旦那さんの心配もしているように聞こえた。

せっかくそうやって相手を思いやれる、とてもいい関係なのだ。これからも長く続いてほしい。

そのためには、きちんと話し合いをした方がいい。言葉にしないと伝わらない事はあるのだから、どうか最初から諦めてかからないでほしかった。

しかしロナさんは、困ったように眉尻を下げる。

「無理よ」

「何故《なぜ》です？」

「だって私、旦那の相談に乗れるほど物を知らないし」

物を知らない。彼女のその言葉を聞いて、私はこの時初めて自身の思い違いに気がついた。

私はてっきり、彼女は現状をどうにかしたいという気概に欠けているだけだと思っていたのだ。

しかし、これはもしかして。

「それは『商業に関する知識がないから、相談に乗りようがない』という意味ですか？」

「え？　ええ、そうだけど……」

私がそう尋ねると、彼女は「何故そんな事を聞くのか」と言いたげに、戸惑い交じりに頷いた。

なるほど。つまり彼女は、どうにかしたい気持ちはあるけど手段がないから諦めてしまっているのである。

「旦那さんは、商業のあれこれを教えてくれたりはしないのですか？」

たしか先日ルステンさんが『家業の知識と経験は門外不出。大半が親族継承で、知識の授受は閉鎖的だ』というような事を言っていた。

その点、妻は家族の一員。教えてもらえそうなものである。

しかしロナさんは予想に反して、苦笑交じりに首を横に振る。

「大きなところは分からないけど、うちみたいな小さい商店じゃあ、女に教えたりはしないわよぉ」

そう言いながら「ねぇ？」と同意を求めると、隣のリズリーさんも「女にはそういうの、教えないわよねー。うちも飲食店やってるけど、私がやるのはウエイトレスだけで、レシピを考えるのも経営するのも、全部旦那だしー」と同調する。

他も皆そうよねと言い合う二人は、おそらく本当の事を言っているのだろう。それがこの国の市井の現状で、常識なのだと思う。

私が知っている世界の常識とは違う。その事に今更ながらに気がついて、私は静かに目を見開いた。

知る環境は私にとって、『手を伸ばせばそこにあるもの』だった。

前世の日本では義務教育があったし、今世でも私は幼いうちから、家庭教師を雇い教育を受けられる家に生まれた。

知識を得るための環境が整っている事は、いつだって前提条件だった。だから私は、やる気の有無で自らの学びの深度を決められていた。そうでない環境の事になんて、思い至りもしていなかった。

でもよくよく考えれば、前世にだって教育環境が整っていないような国はあった。私が意識していなかっただけで、そういう世界は常に存在していた。

思えば随分とクレーゼンの町中を歩いてみたけど、学校のようなものは一度も見た事がない。それどころか社交界でも、学校に準ずる場についての話を聞いた事がない。

この世界では、勉強をする習慣どころか、教育を受ける場さえ与えられない方が多いという事なのだろう。市井の方たちとなれば、尚更だろう。

こうして市井の生活に身を置いていなければ、私はきっと彼女たちのこの『当たり前』に、おそらく気がつけなかっただろう。

やはり、お祖父様《じいさま》の言葉は間違っていなかったのだ。私はそう、考える。

そして思った。

せっかく気付く事ができたのだ。ならあとは、私がこれから何をするかだ、と。

「もし店舗経営の知識を得る事ができたら、旦那さんと話し合いをしたいと思えますか……？」

まっすぐにロナさんの目を見て、私は問いを投げかける。

前世でどこかの評論家が「無知は罪だ」と言っていた。

私は無知を、必ずしも罪だとは思わない。でも、その方の人生における選択肢は、確実に狭まっているだろうとは思う。今のロナさんがいい例だ。

無知が原因で諦めざるを得ないという事は、裏を返せば、知識が得られれば選択肢が増やせるという事でもある。

もちろん知識を持っていても、活《い》かせるかどうかは本人次第。実際に前世の私は、きちんと教育を受け知識はあっても、自分で決めずに他人にゆだねて、選択の機会を無駄にし続けていた。

しかし私は、婚約破棄の慰謝料代わりに国王陛下からクレーゼンの統治権を譲っていただいた時に、たしかに感じたのだ。知識を持っている人間が自分の意思を持てば、それまでにはなかった選択肢を新たに得、違う未来を摑《つか》む事もできるのだ、と。

私はこの、人懐っこくてお喋りで面倒見がよい、ロナさんの事が大好きだ。だからこそ、できれば彼女には環境や他の誰かを言い訳にして『物分かりがいい、いい子ちゃん』である事に逃げてほしくはない。──前世の私の二の舞には、なってほしくなんかなかった。

「いやぁねぇ、私に店舗経営の知識なんて、得る機会はないわよぉ」

彼女は顔の前で手をヒラヒラと横に振りながら、先程までと同様に、少し無理をして笑っていた。

しかし私が更に「もしも、あったらどうですか？」と聞けば、眉尻を下げる。

「え……うーん、そうねぇ。できる事なら旦那ともちゃんと話したいし、そんな機会が本当にあるんなら、喜んで飛び込んでみるけどねぇ」

彼女の答えの裏側には「でも無理でしょ？」という言葉が隠れている。

しかしそれでもいい。十分だ。彼女の気持ちが聞けただけで、私も次に進む事ができる。

何かを諦める要因は、おそらく幾つか存在する。大きく分ければ、金銭面、環境面、時間面、そして精神面。

やる気に関しては今、答えをもらった。時間面も、毎日のようにやっているこの昼下がりの井戸端会議の時間をうまく使えば、捻出する事はできるだろう。

あとは、金銭面と環境面。ここまでくれば私にも、介入の余地が見えてくる。

「では、私と一緒に少し勉強をしてみませんか？　教えますから」

「えっ？」

私の突然の申し出に、ロナさんが驚きの声を上げた。

リズリーさんも、目を丸くして私を見ている。それだけで、彼女たちにとって『他人から何かを教えてもらう』という事がどれだけ珍しい事なのかが、よく分かる。

知識をむやみに広めない事がこの世界の常識である以上、私のやろうとしている事は、彼女たちにとっては非常識だ。それでも。

「幸いにも私には、商業の基礎程度なら教える事ができるだけの時間も知識もあります」

商人業を実際にした事こそないけど、私には前世で母親から「取っといて損はないから」と言われるままに取得した、簿記資格の知識がある。実務で言えば王太子殿下の婚約者として王城でしていた書類仕事には、会計業務と、国家と店の違いはあれど『経営』の分野が含まれている。商業に通ずるところも少なくないだろう。

その中から、彼女たちの生活に必要な部分だけを抽出し、簡略化して教える。その辺の塩梅《あんばい》は要検討だけど、ロナさんに話を聞きながら少しずつ詰めていけばいい。

「場所はうちで、大体お昼のこの時間帯に、休憩とお菓子タイムを挟みながら無理せずに。もちろんお金は頂きません。私がしたくてする事ですから」

「でもほら私、勉強なんて元々した事もないわよぉ？　教えてもらっても身になるか」

不安げな彼女の声に私は微笑《ほほえ》む。

これが彼女の教わる事を嫌がっての言葉なら、私も無理強いをする気はなかった。しかし彼女の不安の陰には、たしかな好奇心が見え隠れしている。

なら私のすべき事は、彼女の背中を押してあげる事だ。

「何事も、最初から完璧にできる方なんていません。だから、そうですね……。こう考えてみてはどうでしょう。『単に、ロナさんがいつもやっているこの井戸端会議の場所を、私の家のリビングに移すだけ。そのついでに、ほんの少しだけ昨日より賢くなって帰る』」

甘すぎる提案だろうか。でも私は、勉強をやり始める最初のハードルなんて、ないくらいがちょうどいいと思っている。

日本でだって、幼稚園や小学校を経て、中学、高校と進学するのだ。段階を踏むからこそ、やる気も集中力も知識も育む事ができるのだと思っている。

「本当にいいのかい？　そんなんで」

チラリとこちらを窺《うかが》ってくるロナさんに、私は「もちろん」と頷いた。

「実はこれ、お友達を家に招くための口実でもあるのです。ですから、気軽にこの話を受けていただければ」

目元を緩めながら言えば、彼女はちょっとホッとしたような顔になった。そして「大きな商家出身のアリスから色々と教えてもらえる機会なんて、滅多《めった》にないわよねぇ」と呟《つぶや》き、決意に拳を握る。

「よし！　私、思い切って頑張ってみる!!」

「えぇ、一緒に頑張りましょう」

「ちょっと何それ楽しそうー！　私もアリスの家、行っていいー？」

「えぇもちろん。リズリーさんも大歓迎ですよ」

◆◆◆

私が「お勉強をしてみませんか？」という話を持ちかけてから、約一ヶ月。

窓から柔らかな陽光が差し込む昼下がりの私の家で、ロナさんと、リズリーさんとの三人で、四人掛けの丸テーブルを囲んで座っていた。

「それでロナさん、持ってこれましたか？」

「うん！　こっそり旦那にバレないようにねぇ！」

黙々と机に向かうリズリーさんの隣で、ロナさんが机の上に『成果』を置く。

市井で使うには一般的でない紙の代わりにと、ダニエルに頼んで作ってもらった、カンナがけした薄っぺらい木。その上に、木炭で書かれた少しアンバランスな字と数字が踊っていた。


最初こそ「文字はまったく読み書きできない、計算は普段の買い物に不自由がないくらいはできる程度」と言っていたロナさんとリズリーさんだったけど、この一ヶ月の地道な『井戸端会議の合間に少しずつ勉強をしていく戦法』のお陰で、二人ともできる事が増えた。

文字については私特製の木版に書いた文字表を見ながらなら書けるように、計算に至っては私が作った算数ドリルをある程度解けるようになり、少しずつ勉強に集中できる時間も延びてきている。

だから私はこのタイミングで、ロナさんが抱えている問題に一歩踏み込む事にしたのである。


『旦那さんのお店の帳簿を、書き写して持ってきてほしい』

私はそう、お願いしたのだ。


本来ならば店の帳簿なんて、外に持ち出す事はできない。だから旦那さんに許可を得て書き写してきてもらおうと思った……のだけど、目の前のロナさんはカラカラと笑いながら「頼んでみたけどダメだったからぁ」と言っている。

こっそりと書き写させてしまった事には少し罪悪感を抱いたけど、やってしまったものは仕方がない。

現状で既に経営状況が芳しくないという話でもあるし、ここまで来たら少しでも早く旦那さんが抱えている問題を把握して、ロナさんの家のギスギスとした空気を払拭する手助けをするしかないだろう。

「どう？　読める……？」

渡された帳簿に目を落とした私に、ロナさんが少し不安げに聞いてくる。文字表を見ながらでなければ、まだ正しく字を書く自信がない彼女にとって、他人の書いたものを写してくる事は、難しくはないまでも、簡単でもなかったのだろう。

たしかに写してきたという帳簿には、ところどころに誤字がある。旦那さんの字が癖字なのかもしれないし、バレないうちに写さなければという焦りがあったせいかもしれない。

しかし前後を踏まえれば、十分読み解けるレベルの出来だ。

「問題ありませんよ、大丈夫です」

微笑みながらそう答えれば、彼女は「はぁーっ」と息を吐く。

「あー、よかったぁ。頑張って写してきたっていうのに『使い物にならない』とか言われなくて」

たしかに、せっかくの労力が報われないのは悲しい。彼女が安堵《あんど》する気持ちも分かる。

改めて内容に目を通し、私は「なるほど」と独《ひと》り言《ご》ちた。

私が持っている知識の中で今回役立てられそうなのは、前世での簿記知識と、今世での国営関連の経験。

それで言うとこの帳簿は、前世で培った簿記知識の中でも初歩中の初歩のものに近い。

「この帳簿には、旦那さんが切り盛りしている商店のお金の出入りが、時系列で書かれているようです」

ロナさんが見やすいように帳簿をクルリと反転させて、私はまず日付の部分を指さす。

促されるままに帳簿を見たロナさんが「うんうん、たしかに」と頷いたのを見て、「他にも」と言いながら、更に帳簿に指を滑らせる。

「こちらには、いつ何を仕入れたのか、何が何個売れたのかなどのメモ書きと、実際に動いた金額。そして最後のこれはおそらく、その時点でのお店の利益総額——お店として、暫定でいくら儲《もう》かっているかが書かれているようですね」

「ずっとマイナスが並んでる……」

「そうですね。つまり赤字だという事です」

おそらくロナさんは、旦那さんから「商売の調子が悪い」と聞いてはいても、まさか赤字だとまでは思っていなかったのだろう。少し表情を曇らせる。

「大丈夫なのかねぇ……。うちの旦那、たしかに愛想はないし頑固だけど、ちゃんと頑張ってるし、店が潰れたりなんてしたら、絶対に落ち込むと思うのよぉ」

机の上でギュッと握られたロナさんの両手に、旦那さんへの想《おも》いが集約されているような気がした。

そんな彼女に、根拠のない言葉で安易な期待を持たせたくはない。もし期待させたのに結局最悪の形に終わったら、逆にロナさんが可哀想《かわいそう》だ。

でもまだすべては始まったばかり。

「問題解決のためには、まず状況の把握から。そのためにできる事はたくさんあります。この一ヶ月、ロナさんは文字に計算にと頑張ってきました。私もその努力が実るように、全力で応援させていただきます」

積み上げた努力がすべて結果に結びつくとは言えないけど、今の彼女に限っては、努力は確実に実力に結びついている。

それに、彼女は一人じゃない。もし分からないところが出てきたら、分かるまで一緒にやればいい。そんな気持ちで頷けば、彼女の顔から不安が消えた。

「うん、そうよねぇ！　アリス、私、頑張るわぁ！　だからよろしくお願いします！」

こうして自ら不安を振り切り、すぐに前を向けるロナさんはすごい。私も、そのやる気に最大限応えたい。

「ええ、一緒に頑張りましょう」

私はそう言って微笑んだ。

「ではまずは、今ある帳簿を分かりやすい形に少しいじってみましょうか」

早速私がそう提案すると、ロナさんがおずおずと挙手をしてくる。

「ごめん、アリス。ちょっと聞きたいんだけど」

「大丈夫ですよ、何でしょう？」

「この帳簿、そもそも分かりにくいのかい？」

何故このままではダメなのか。そう尋ねられ、私は一瞬キョトンとしてしまった。

しかしよくよく考えれば、彼女の問いは尤《もっと》もだ。

少なくとも旦那さんは——今でこそ経営状況が悪化しているものの——これまではこの帳簿で、大きな問題もなくお店を切り盛りしていたのである。

そこに更に手をかける意味はあるのか。『分かりにくい』がいまいちピンと来ないというのは、当然の疑問だと言えるだろう。

私は彼女に一つ問う。

「ロナさんは、何故帳簿をつけるのだと思いますか？」

「え？　それは、お金の管理をするため……でしょ？」

「そうですね、それも理由の一つです」

「え、他にも理由があるの？」

「ええ。帳簿は、お金の管理……『お店の中のお金の流れと、利益の有無を知る』ためと、経営戦略……『今後どうすればよりよい経営ができるかを考える』ためにつけるのです」

それで言うと、今の旦那さんの帳簿は、お金の管理は最低限できている。

しかし今回私たちが帳簿を見るそもそもの目的は、商売がうまくいっていない原因を知るためだ。

経営戦略の用途にも、片足を突っ込む事になる。

そういう意味ではこの帳簿は、やはり分かりにくいと言わざるを得ない。

たとえば、そう。

「ロナさんは、普段料理をしますよね？　食材を買いすぎて、使い切れずに腐らせてしまう事はありませんか？」

「たまにあるわぁ。湿気の多い時期なんかは、特に食材も腐りやすいしねぇ」

「何故そんな事になるのでしょう」

「うーん。買う時に目算を誤るとか、たまたま外食でご飯を作らないでいい日があったとか。あとは単純に、食材が残ってる事に気付かずに次を買ってきちゃったりとか」

「実はそれと同じような状況が、商売の世界でも起きるのです」

ニコリと微笑みそう言うと、ロナさんが「え、そうなの？」と驚いた顔をする。

「えぇ。もちろん数ある商売トラブルのうちの一つに過ぎませんけど、商売人の方たちは、比較的身近な問題として捉えていると思います」

前世で言うところの過剰在庫問題は、経営を圧迫する身近で切実な問題だ。

生ものだと、期限内に売れなかった分はすべて処分するしかない。腐らないようなものだとしても、売れ残ったものを処分したら仕入れに使ったお金をドブに捨てるようなものだけど、売れない商品をいつまでも置いておくのも、保管のための場所代がかかり続ける。

売れ残った商品をどうするかの判断は、下手《へた》をすれば店の経営継続に支障をきたす事もある。

「たくさん商品を仕入れた結果、それが売れなくて利益が出ない。売れ残ってしまって捨てるしかない。その規模が大きくなってしまえば、お店は立ち行かなくなりますよね」

「そうねぇ」

「先程の料理の食材の話を例に挙げてみましょう。買いすぎは、買い物に行く前に『自分が普段、どの食材を、どのくらいの頻度で使っているのか』『買おうとしている食材が、家にあとどれだけ残っているのか』がチラッと見ただけで全部正確に把握できるようになっていれば、少しは防げそうだと思いませんか？」

「思うわねぇ。特に、チラッと見ただけでっていうのが大事かもぉ。毎回時間をかけて調べるのって面倒臭いし」

「ではロナさん、今の商売の話を、この帳簿に置き換えて考えてみましょうか。この帳簿には、お店のすべてのお金の流れが書かれています。この中からお客さんがよく買っていってくれる売れ行きのいい商品、高頻度に仕入れが必要な商品を見つけてみてください」

「え？　うーん……」

ロナさんは、帳簿に目を凝らしながら考える。しかし彼女の眉間の皺《しわ》が、今の帳簿から答えを探す難しさをしっかりと物語っている。

「難しいですよね。だってこの帳簿は、お金の流れを時系列で並べているのですから。仕入れた時の記録も売り上げた時の記録も、すべてがごちゃ混ぜになっている。これではすぐに一番売れ行きがいい商品を探す事はできません。しかし同じ情報でも、纏《まと》め方《かた》を変えてみたらどうでしょう?」

人差し指をピンと上に立てながら、ロナさんにそう言ってみる。

今のように、一枚の帳簿にすべての支出と収入が一緒くたに書かれている帳簿の状態を、簿記用語では『日記帳』と呼ぶ。

簿記作業前のメモ書きとも言われる状態で、これをグループ分けしていく事を『仕訳』と呼ぶのだが、これが本格的な簿記作業の始まりだ。

「つまり、パッと見て分かりやすい書き方に変える作業を今からやるのね?」

「その通りです。先程も言いましたが、旦那さんの抱えている問題を知るためには、現状を正しく把握する必要があります。それをやりやすくするために、実際に帳簿の情報を整理してみましょう」

言いながら、私は『ダニエル特性・薄くカンナがけした薄っぺらい木』を一枚、自分の前に置いた。

持ち手に布を巻いた木炭をサラサラと白紙に滑らせながら、私は少し考える。

実はこの仕訳の概念は、王城でも使われている。

しかしこの手の知識があるのは、それこそルステンさんのような領主代行者や、国の中枢部にあたる方たち。文官でさえ、使わない方たちは多い。

そんな知識を、いきなり勉強の習慣がない相手にそっくりそのまま教えるのは、流石にハードルが高すぎるだろう。

だから教える内容も、旦那さんの帳簿に合わせて今の彼女に必要な最低限のものを、取捨選択する。


仕訳…①仕入、②売上、③消耗品、④固定資産

そう書いたものを彼女が見やすいように反転させながら「まずはこの四つに、帳簿の一行一行を分類してみましょう」と提案する。

ここからは、実際にロナさんが書き写してきた旦那さんの帳簿を使った作業だ。

「まずは『①仕入』からです。旦那さんの帳簿を上から順に見ていって、どこから幾つ、いくらで仕入れたかが書かれている行を探してみてください」

「えぇと……あ、これかい？『グリッサの皿・三枚セット購入、銀貨一枚と銅貨二枚』」

彼女が指をさした行には、たしかにそう書かれている。

グリッサというのは、種類……いや、その後も他の品の上に付いているという事は、おそらく制作者や工房・仕入元商会などの名前だろう。

「えぇ、正解です。ではその行の頭に①と書いて……他には？」

「えっと、これ。『グリッサのまな板・一枚購入、銅貨六枚』。あとこれも――」

「あ、待ってください」

三つ目の①をつけようとしたところで、私はロナさんをやんわりと止めた。

手元から視線を上げた彼女が、疑問に満ちた表情で「違う？」と私に尋ねてくる。

彼女が今印をつけようとしているのは、『ノノグリア、包装用麻布・五十枚購入、銅貨九枚』と記載された行だ。

店の利益総額を見ると、この行で金額が減っている。何かを外から買った事は明白だし、どこから幾つ、いくらで買ったかも書かれている。おそらくそれでロナさんも、この行を『仕入』に分類しようとしたのだろう。

しかし。

「もしかして旦那さんのお店では、特定の商品をお客さんが買った場合に、無料で麻布で包むような習慣があるのではありませんか？」

たとえば割れ物の梱包《こんぽう》に、緩衝材代わりとして布で包む。前世ではよくあった事であり、このクレーゼンでもそういう配慮をしているお店はたまにあった。

帳簿に書かれている『包装用』という文言と、少なくともこの一ヶ月間では麻布の販売履歴が見当たらない事から、もしかしたら旦那さんのお店もそうなのかもしれないと思ったのだ。

私の問いに、彼女は少し考えてから「あぁ」と言って手を叩く。

「たしかにやってたかもしれないわぁ、そんな事」

「であれば、この行はお店の必要経費、消耗品に当たりますね」

そう言いながら、私は先程自分が書いた仕訳分類の『③消耗品』を指さす。

「同じ『外から物を買う』でも、その後何に使うかによって分ける場所を変えるのねぇ」

感心したように言いながら、彼女は該当行の先頭に③と書く。

そして再び「あと、仕入は……」と呟きながら、仕入れの行を見つけては①と書き込む作業に戻った。その様子を見守っていると、彼女はある行でピタリと手を止める。

「ねぇアリス。この『店内棚』っていうのって、店内に置く棚よね、多分。売り物じゃないし、これも消耗品？」

ロナさん、とてもいい線を行っている。優秀な生徒に嬉《うれ》しくなりながらも、私は「惜しいです」と首を横に振る。

「先程の包装用の麻布は、業務で使えば数が減って、やがて麻布そのものが手元からなくなりますよね。対してこちらの店内棚は、店内に長期間設置する、いわゆる設備になります。この場合は、『④固定資産』に分類してください」

「固定資産……」

「難しい説明が色々とある分類なのですが、今は『使ううちにそのものは減らないけど劣化はしていくもの』だと思っていてもらえれば問題ありません」

そう説明すると、彼女は「分かったわ」と言いながらその行に④と書いた。

そしてまた、ロナさんは仕入探しを再開。彼女が黙々と印を付けていっている間に、私は私でグループ分けしたものを書き出すための別紙を簡単に作る。


そんな中で考えるのは、ロナさんに何をどこまで教えるかについてだ。


私は最初、旦那さんはきちんと商人として現状の分析や解決方法の洗い出しはできていて、今正に対処に奔走しているのだろうと思っていた。だからロナさんが帳簿を読めるようになれば、相談相手や愚痴を言う相手になれると思っていたのである。

しかし今の旦那さんの帳簿では、現状分析をするのは難しいだろう。

もし旦那さんが一人で考え込んでいる理由が、意地を張っているからではなく、まだ答えが見つかっていない問題に伴侶を巻き込んで、変に心配させたくなかったからだとしたら。きっとロナさんの家のギスギスは、単純にロナさんが知識を身につけるだけでは解決しない。

家庭環境を改善するには、その問題を解決し切るか、少なくとも解決の目処《めど》を付ける必要がある。

そのためには、ロナさんは理解者や愚痴聞き役以上の役割を、本当の意味での相談相手——状況が行き詰まっている根本原因を指摘し、問題解決のために一緒に悩む役割——を目指す必要がある。

もちろんどこまで学ぶかは、彼女の気持ち次第である。しかし彼女が「最後まで頑張りたい」というのなら。

せっかく教えるのだから、彼女が望む限りはきちんと最後まで寄り添いたい。

そうなるような予感がしている。だから私もそういう気でいよう。そう思いながら、私は一人小さく笑った。

「んーっ、できたわぁ」

いくらか時間が経《た》った後、ロナさんのそんな声で私も作業の手を止めた。

顔を上げれば、ロナさんがちょうど大きく伸びをしている。帳簿を見れば、一番下まできちんとチェックが終わっており、あとは間違いがないかを確認するだけの状態だ。

「お疲れ様です、ロナさん」

「ちょっと肩、凝っちゃったわぁ」

そう言いながらも達成感に満ちた顔で笑うロナさんに、私も思わず笑顔になる。するとちょうど後ろからスッと淡い影が差し、優しい紅茶の香りが鼻孔を掠《かす》めた。

「そろそろ休憩にちょうどいい時間では？」

「そうね、フー。ありがとう」

時計を見れば、ロナさんが帳簿に黙々と向かい始めてからもう十五分以上も経っている。休憩が必要な頃合いだ。

「リズリーさんも、切りがいいところで休憩しましょう」

ロナさんの隣にそう声をかけると、リズリーさんが机からはまだ顔を上げずに「分かったー」と答えを返してくれる。

彼女が作業に切りを付ける間に、私とロナさんはテーブルに広げていたものを横に避《よ》け、フーが手早く休憩の準備をする。

並べられたのは、人数分の紅茶と、ちょうどいい焼き色のクッキーが載った大皿だ。最後にフーが残っていた一席、私の隣を埋めたところで、リズリーさんも切りを付けた。

「あぁー、染みるわぁ……」

紅茶を一口飲んだロナさんが、まるで湯船にでも浸《つ》かったかのような感想を口にする。

私も一口飲んでみるけど、うん美味《おい》しい。茶葉自体は市井で飲まれている安いものなのだけど、フーが淹《い》れると全然違う。ロナさんがそんな声を出す気持ちも、よく分かる。

しかし『美味しさ』に関しては、リズリーさんだって負けていない。

「んー！　クッキーも美味しいわぁ」

ロナさんが、これまた嬉しげに頷いた。

今日の井戸端勉強会のお菓子は、リズリーさんの手作りクッキーだ。

前世で食べていた蕎麦粉《そばこ》クッキーと似たような味わいで、飾りっ気のないプレーンなクッキーなのも含めて『素朴』という言葉がしっくりとくる。

自然派志向だった母親が前世でよくおやつに出してくれていたクッキーに、少し似ているような気もする。

リズリーさんは「勉強で頭を使ったら、大抵なんでも美味しいでしょー？」と謙遜しているが、そんな事をする必要はない。とても美味しい。

「たしかに頭を使うと脳が糖分を欲するとは言いますが、この絶妙な甘さとサクサク感はリズリーさんの腕あってこそですよ。ねぇ、フー？」

「ええ。嫉妬するほどの美味しさです」

「えー？　ありがとう。嬉しいなー」

照れたように笑う彼女が、ちょっと可愛《かわい》らしい。そんなふうに思いながら一人でフフフッと笑っていると、ロナさんが「そういえば」と言いながら、リズリーさんに目を向けた。

「リズリーは今日、何をしてたのぉ？」

よほど目の前の帳簿に集中していたのだろう。どうやら彼女は今になって、リズリーさんが今日隣で何をしていたのかが気になったらしい。

横に避けてあった彼女の成果物を見て、ロナさんが「絵……？」と首を傾げる。「落書きでもしてたの？」とでも言いたげな彼女に、リズリーは「実は」と少し得意げに言う。

「この前アリスに教えてもらった『ポスター』っていうのを、ちょっと店に貼ってみようかなーと思ってねー」

「ぽすたー？　何それ」

「あぁそういえば、以前お嬢様が『オススメ商品の宣伝を書いて、壁に貼ってみるのはどうか』と言っていましたが、もしかしてその件ですか？」

「そうそう、それー！」

フーが尋ね、リズリーさんがそれに頷く。対するロナさんは、いまいちピンと来ていないような顔だ。

「へー、それで絵を。でもそれで何かいい事あるのかい？」

ロナさんがそんな疑問を抱くのも、仕方がない事だ。クレーゼンには、掲示物による宣伝の習慣が存在しない。

いや今世では、そもそも視覚に訴えた商品宣伝が少ないように思う。

王都でも、看板に店名と共に名物料理の絵が描かれている事はあるけど、ポスターのようなものはなかった。

前世では普通に存在していた、時期になると飲食店の前に「冷やし中華始めました」という旗を掲げて人を呼び込む習慣や、「人気商品入荷！」というＰＯＰで集客をするような光景はまったくないのだ。

「そうですね……。ロナさんは、最初は食べる物を決めて食堂に入ったけど、美味しそうな料理が目の前で運ばれていくのを見て、『やっぱり今日はそっちを頼もう』と思った事などはありませんか？」

「あー、よくあるわぁ。匂いとか音とか美味しそうな見た目とかで『あれ、美味しかったやつだ』って思い出したり、気になったり」

「ポスターは、それと似た効果を狙っているんです。匂いや音は再現できませんが、その料理を食べた記憶が食べたい欲求を擽《くすぐ》る事もあると思って。お店に来た事がない方も、外に貼っておけば興味を引かれて入ってきてくれるかもしれませんし」

「へぇ、なるほどねぇ」

それだけじゃない。

初来店の人間が、とりあえず目についたメニューを頼む事は、結構多い。

店で一番自信のある料理をポスターにして貼っておけば、それを注文する方が増える。

一度目で美味しい料理が食べられれば、再来店率も上がる。売上だって上がるだろう。

「あれ？　これ、絵と一緒に文字も書かれてるけど」

「あぁこれは、料理の名前と売り文句。甘い・辛いとか、冷たい・熱いとか、サクサク・トロトロとかの簡単な売り文句にしてるのよー。なるべく分かりやすくて短い言葉がいいって、アリスに言われてねー」

リズリーさんの説明に、私も「この町では識字率が低いと聞いたので、長々と書いていても読んでもらえないだろうと思いまして」と補足する。

すると、ロナさんが「たしかにそれはそうだと思うけどぉ」と、まるで奇妙なものでも見つけたかのような表情になった。

「そもそも宣伝に文字を使うなんて、リズリーの労力がかかるだけじゃないかい？」

つまりロナさんは「そんな事をしても無駄なのでは」と言いたいのだろうと思う。

彼女の意見も一理ある。

商人を除く市井の方たちは、大抵字が読めないらしいし、数字はお店での金額表示に使われているから読めないと多少は困るものの、文字は別に読めなくても困らない。

そもそも町中で字を目にする事自体が滅多にないのも相まって、読めるようになりたいと思う事もないのだと聞いた。

でもだからこその、この『ポスターへの文字入れ』だ。

「お客さんの注文を受ける時や話をする時にうまくポスターに誘導すれば、文字を目にする方も増えます。中には『これは何て書いてあるんだろう』と、興味を持ってくれる方も何人かはいるかもしれません。文字を見かける機会が増えれば、いずれは『簡単な字なら読める』という方も出てくるでしょう。その時こそ、商売の好機です」

「商売の？」

「文字でお客さんにとって有益な商品宣伝をする事ができれば、お客さんにも喜ばれて、お店も売上を増やす事ができる……なんていう未来も夢ではないでしょう」

「本当にー？」

「ええ。たとえば食堂で言えば、周りが字を読めるようになれば、ポスターにもより食欲をそそる文言を書く事ができるようになります。そうやって宣伝効果が上がれば、売上向上の助けになるでしょう」

前世でいうキャッチコピーなどが、そのいい例だ。

あとは、実は裏の思惑もある。

識字率が上がって、本を読んだり、誰かから教えてもらった事を忘れないようにとメモしたりする事ができるようになれば、必ずしも教師を雇わなくても、独学で勉強ができるようになる。それだけでもいくらかは、選べる将来の選択肢が広がるのではないだろうか。

更にクレーゼンの領主としては、せっかくこの領地で行っている新事業開発補助策の参加者が、少しでも増えればいいなという気持ちもある。

参加するには、まず提案書を書かなければならない。代筆をお願いした方もいると思うけど、全員が全員誰かの力を借りられる環境にある訳ではないだろう。

これまで「案はあったけど提案書が書けずに断念していた」という方たちが、新たに提案書を出してくれるようになれば、クレーゼンは今以上に活気ある町になると思う。

「いずれはこの町の方たち全員が、字を読めるようになれば嬉しいのですけど」

私が小さくそう呟くと、二つの声が同時に「プッ」と吹き出した。

「アリスって、可愛い顔して意外と野心的な考えを持ってるのねぇ」

「町の識字率を上げるだなんて大きな視野、普通は持っていないわよー？　そんなの領主様くらいじゃないー？」

彼女たちの的を射た言葉たちに、思わずドキッとさせられる。

幸いだったのは、彼女たちが完全に冗談で言っていた事だ。

「領主様でもそんな事、考えないかー」

「国王陛下なら考えるかねぇ？」

そんな事を言いながら笑い合っている彼女たちに、私は密《ひそ》かにホッとした。

隣でフーがジト目を向けてきているけど、それには気付かなかったふりをしておこう。

「それでぇ？　お客さんにとって有益な商品宣伝っていうのは、たとえば？」

「そうですね……。たとえば『安売り！』や『大特価!!』。あとは『三つで百……銀貨一枚』などでしょうか。そんな文言がババンと大きく店先に貼り出されていれば、お客さんとしても購買意欲が――」

「何よそれぇ！　そんなの買うに決まってるじゃない!!」

前世の主婦キラーな言葉は、どうやら今世でも奥様方のハートを射止めたらしい。

ロナさんが、まず速攻で喰《く》いついてきた。リズリーさんも「その言葉だけでもいち早く覚えておけば、他の人よりもいい思いができるかも……？」などと、思案顔で呟いている。

「ちょっとアリス、ここに『安売り』と『大特価』と『三つで銀貨一枚』って書いてちょうだい！　今から練習しておくわぁ!!」

「私にも教えてー、今すぐに!!」

先程までまるで他人事《ひとごと》だった識字率の話が、急に身近になった瞬間の二人のこの変わりように、私は思わず笑ってしまう。

こうして意欲的な生徒たちによって井戸端会議の時間は自然と終わり、再び学びの時間が始まったのだった。

◆◆◆

今日は僕・ルステンにとって、最初の正念場であり、ある意味で言うと門出でもある。

時刻は午前、就業時間が始まって三十分。大幅な遅刻でもしていなければ、もう部下たちも仕事部屋に全員揃《そろ》っているだろう。

こんな時間に廊下を歩いているなんて、我ながらものすごく珍しい。気を紛らわせるためにそんな事を考え、無理やり笑ってみたものの、顔が引きつっている自覚がある。

先日、新しい領主と話をした。

最初こそ「貴族だ」「令嬢だ」「十も年下の若者だ」と思っていたが、今となっては彼女——アリステリア様を侮っていた自分を殴ってやりたくなる。

彼女は貴族で令嬢で年下でもあったが、僕よりもよほどクレーゼンの未来を見通し、様々な事を深くまで考えている人だった。

彼女の話を聞き納得し、認めてもらえて、激励されて。僕は今、新しいクレーゼンを作るために模索し一つの答えを出した。

それを成すために、準備した。今日はその成果を、僕が出した新しい答えを、皆に聞いてもらう日だ。

腕に抱えている丸めた大判の羊皮紙と何十枚もの紙束を持つ手にグッと力を込めながら、僕は腹の中で考える。

これは単なる新事業開発補助策の改定案には留《とど》まらない。彼らの職場環境をも変える、大幅改定になっている。

部下たちからしたら、突然環境を変えられるのだ。もちろん反発心を抱く者も多いだろう。しかし、そんな彼らに理解を求めるべく頑張るのもまた、領主代行である僕の仕事だ。

執務室を出て以降ずっと早足になっているのは、そういった重責を担う自分の緊張を和らげるため。そして、一刻も早く今自分が抱えているものを処理してしまいたい気持ちからだった。

自分が練り上げた案、それ自体に弱気なのではない。これまで何かと忙しさにかまけて部下たちと碌《ろく》に交流してこなかった過去の自分への弱気というか、不安というか。

果たして僕が言葉を尽くして、彼らに納得してもらえるのか。おそらく今日の懸念も自分の弱点もそこだと分かっているから、こんなにも落ち着かないのだろう。

逃げたい気持ちもゼロではない。しかしそんな臆病な自分を支えるのは、領主代行としての責任と、『アリステリア様が、クレーゼンに対する僕の愛と誇りを理解し認めてくれている』という安心感だ。

だから。

扉の前で立ち止まり、一度大きく深呼吸をしてからノブに手をかけた。

扉の開く音に反応して、執務中の部下たちがチラッとだけこちらを一瞥《いちべつ》した。すぐに目は手元へと戻るが、過半数はギョッとした顔でこちらを二度見してきている。

視線が痛い。居心地が悪い。それでも僕は鋼の心で、ずかずかと足を進めていく。

全員の顔が見える場所まで来ると、体をクルリと反転させて室内を見回した。

皆知った顔の筈なのに、久しぶりに見たような気がした。……いや、気がしたのではなく、実際にそうなのだろう。

これまで僕はずっと『部下からの質問に答えるより、自分でやった方が早い』精神で、様々な仕事を巻き取ってきた。裏を返せば、部下との仕事上の接点を、自分から摘んできたようなものだ。

あぁものすごく緊張している。演説なら年に一回市井で、もっと多くの人たち相手に平気でやっているのに、そんなものとはまるで比べ物にならない。

でもすべては自業自得だ。だから、しっかり前を向け。

「皆、一度手を止めて話を聞いてほしい」

既に誰もが、こちらを気にして手を止めていた。それでも敢《あ》えてそう口にしたのは、これから大切な話をするのだと、彼らに分かってもらいたかったからだ。

部下たちも、その意図をきちんと察してくれたのだろう。皆、持っていたペンを机に置いたり、体を向けたりしてくれる。

「先日、この領地に新たな領主様が赴任された。アリステリア・フォン・ヴァンフォート公爵令嬢、彼女と先日話をし、今まで通り僕の指示の下で領地経営を行ってほしいと言われ、話を受けた」

僕のそんな一言に、見える顔の悉《ことごと》くに、驚きか、納得か、安堵の感情が灯《とも》る。

おそらく驚きは、権力者が権力を握らない事へのもの。納得は「今回の権力者は『安定した領地経営』という結果だけを欲しているのだろう」というもの。そして安堵は、今後もこれまでと変わらない環境で仕事ができる事へのものだろう。

しかし僕は、その内の三分の二の感情を、これから裏切る事になる。

「同時に、この領地のこれからの話もした。そしてその結果分かったのは、僕たちが気がついていなかった『クレーゼンの危機』の存在だった。――皆、これを見てほしい」

言いながら、持ってきていた羊皮紙を広げて壁に貼る。

書かれているのは、この部屋の一番後ろからでも見えるような大きさの図。クレーゼン領の停滞の証《あかし》だ。

「我がクレーゼン領は現在、安定した領地経営を行えている。しかしこの通り、調べてみると『新事業開発補助策』の採用数が、少しずつ先細りしている事が分かった」

この事実に、室内が小さくどよめいた。

この場の誰もが知っているのだ。クレーゼンにおける『新事業開発補助策』の重要性がどれほどか、この政策にこれまでどれだけ引っ張られてこの領地の発展があったのかを。

「クレーゼンの成長の起点だったこの政策が機能しなくなれば、いずれクレーゼンの発展にも陰りが出るだろう。現状維持のような保守策では、クレーゼンそのものの発展もいずれ先細りしてしまう。そして何より、領民のやりたい事を後押しするこの政策は、クレーゼンの誇りだ。このまま消滅させたくはない」

そのためには、アリステリア様が言っていた通り、全員の意識改革と、その意識を効率よく仕事に転化できる環境が必要だ。

だから。

「これらの事実を踏まえ、我がクレーゼン領では『新事業開発補助策』の改案を試みる事にした。改案の内容とそれに伴う仕事調整については、これから配る用紙に纏めてある」

そう言って、持ってきていた紙束を近くの文官に渡し、一枚取って回してもらうように頼む。

紙に記された内容を見た者たちから、戸惑いに揺れる囁《ささや》きがし始めた。

そういう反応をするのも当然だ。書いてあるのは、『新事業開発補助策』自体の改定に加え、運用方法の変更とそれに伴う作業の増加。そして部署の配置換えまでにもわたるのだから。

現状の破壊とも言えるような案を何の予告もなく持ち出してくるやり方にも、それを行った僕自身にも、反発心や反抗心を抱く者はもちろんいるだろう。

僕だったら絶対に「横暴だ」と思う。もっと色々と根回しなどをすべきだったのだろうとも思う。

しかし。

「……すまない。こんなやり方でしか、僕は他者に頼れない」

アリステリア様から「もっと周りを頼っていい」と助言をもらい、そうしてみようと考えた。

その結果がこうやって頭を下げる事だとは我ながら残念な有様だと思うが、じゃあ他にどうやって頼ればいいのか分からないのだから、仕方がない。

残念ながら、僕にはアリステリア様のように、言葉で周りをやる気にさせる力はない。部下たちをこれで説得ないし、納得させられたとも思っていない。

もう言葉を尽くした今の僕にとって、できる事といえば、受け止める覚悟をするくらいである。

「仕事調整に係る負荷を鑑みて、改案の始動は一ヶ月後からとする。その間、この件や仕事の引継ぎに対するあらゆる質問や抗議を受け付ける。もしよりよい改案を思いついたら、僕に声をかけてほしい。必ず検討しその結果を伝えると、今ここで皆に約束する」

僕にできる事なんて、精々これくらいのものである。あとはもう、自分の仕事で語るしかない。

政策の改案をして影響があるのは、何も部下たちだけではない。

今後は僕の確認事項や仕事も増える。今回の人員再配置を機に今まで抱え込んでいた仕事の一部を部下に割り当てる事にしたため、最初のうちはそちらのフォローも必要になってくるだろう。

間違いなく忙しさは加速する。

でもそれは、裏を返せば『部下に行動で示す機会は、いくらでもある』という事でもある。

◆◆◆

ロナさんは専業主婦だけど、リズリーさんには食堂の仕事がある。そういう日はロナさんとのマンツーマンになるのだけど、正に今日はそういう日だった。

午前中、今日も元気にやってきたロナさんは、もう定位置となっている席へと座ると、早々に私に聞いてくる。

「ねぇアリス、前回でちょうど六ヶ月分の仕訳っていうのが終わったんでしょ？　もうお店から帳簿を写してくる必要はないって言ってたから、今回は持ってきてないんだけど、今日は何をするんだい？」

彼女の表情は、新しい事が始まる気配に不安と楽しみが半々といった感じに見えた。

たしかに最近は仕訳にも慣れ、スラスラと作業を進めていた。うまくいっていたからこそ、次への不安があるのだろう。

「それほど難しくはありませんよ。やる事自体の単純さは、仕訳とあまり変わりません。今日は、これまで作った仕訳帳簿を二種類の決算書に纏める作業をしていこうかと思っているのです」

「二種類の決算書？」

ロナさんが、聞き慣れない言葉に首を傾げる。私は「えぇ」と頷きながら、そんな彼女に微笑んだ。

「たとえば『お店や経営者が金銭的に潤うためには、一定期間内の商売で利益を上げる必要がある』という事は分かりますか？」

「それはもちろん。一定期間で結果を出せないと、お店なんて潰れちゃうしねぇ」

「ではもう一つ。今回は一ヶ月単位で仕訳帳簿を作りましたが、実際の商売は『なるべく長期間に及んで利益を出し続けられるのが理想』というのも分かるでしょうか」

「分かるわよぉ。じゃないと、商売一本で生きていけないし」

よかった。この二つが分かっていれば、こちらも説明がしやすい。

「つまり、うまく商売をするコツは『一定期間内できちんと利益を上げる事』と、『継続して店を維持する事』なのです。この二つが実際にできているかを確認するために、これからロナさんには二種類の決算書を作っていただこうと思います」

この二つの決算書は、簿記用語でそれぞれ『損益計算書』と『貸借対照表』と呼ばれている。

『損益計算書』は一定期間内で出せた利益を確認するのに対し、『貸借対照表』は一定期間の終わり時点での経営状況を確認するために使う。

「なんかちょっと、難しそうねぇ」

「大丈夫ですよ。先程も言いましたが、やる事は仕訳帳簿の時と同様に、決まったルールに沿って書き纏めていくだけです。少し計算もありますが、これまでの帳簿の最終金額を足し算・引き算するだけですから、こちらに至っては掛け算や割り算もあった仕訳帳簿よりも簡単ですよ」

そう教えてあげると、ロナさんはあからさまにホッとした。

彼女が落ち着いたのを見計らい、私は「ではまずは一つ、ゆっくりやってみましょうか」と言い、決算書の作り方を教え始めた。

この日のロナさんは、私が思っていたよりずっと頑張っていた。

集中力を保つために定期的に休憩を挟みはしたものの、昼前時点でまだロナさんにやる気が見られたので、フーが彼女の分の昼食も作り、そのまま我が家で一緒に食べて、午後からも作業に打ち込む事にした。

その結果、午後の三時を回ろうかという頃には、彼女が大きく天井を仰ぐ。

「できた……」

彼女の前には出来上がった、最後の一月分の表がある。

先にできている五ヶ月分には、既に目を通した後だ。どれもきちんと計算できていたので、今できたもののチェックが終われば、作業はすべて完了である。

「お疲れ様でした。まさか一日で終えるとは」

「アリスの教え方がよかったのよぉ。それに、これって先にちゃんと仕分け作業をしていたからこそ、早く終わったんでしょう？　旦那の帳簿から直接これを作れって言われてたら、私、絶対に挫折してたわぁ」

ロナさんが、しみじみとした声で「何事も、積み重ねって大事なのねぇ」と言っている。そこにはこれまでの苦労とその末に得た清々《すがすが》しさ、頑張った自分への誇らしさなどが滲《にじ》み出ていた。

「積み重ねというのなら、それこそロナさんは文字の読み書きと計算練習から、ここまで頑張ってきましたからね。二ヶ月半、本当によく頑張りました」

私が労《ねぎら》いの言葉をかけると、彼女は少し照れ臭そうに「へへへっ、ありがとう」と言う。

しかしそれだけでは終わらない。

「それで、次は？　これで終わりじゃないんでしょ？」

キラキラとした彼女の瞳が、こちらにまでワクワクとした感情を伝えてくる。

「ちょうど切りがいいですし、休憩してからと思っていたのですが、大丈夫ですか？」

「大丈夫よぉ。それよりも、今やった事が次はどんなふうに役に立つのか、気になってウズウズするというか。実は最近、勉強するのって結構楽しいなって思ってるのよぉ。最初は分からなかった事が分かるようになっていくのって、なんかちょっと癖になるっていうか。人生の新しい楽しみ方に出逢っちゃったような気分でねぇ」

そう言って、彼女は無邪気に笑いながら、いつものように何もない空をペチンと叩く。

「ありがとう、アリス。私にこんな楽しい事を教えてくれて」

勉強が楽しい。ありがとう。それらの言葉に、じわりじわりと滲むように心が温かくなっていく。

前世の私にも、解けなかった問題が解けるようになっていくのが、ただただ楽しかった時期があった。先生や母が褒めてくれて、テストの点数がよくなって、誰に強制されるでもなく自ら机に向かっていた時期があった。

だから彼女の「楽しい」に共感できる部分はある。

でも私が今感じているのは、おそらくそういう嬉しさではない。

教わる側から貰《もら》う「勉強が楽しい」という言葉は、きっと教える側にとって、これ以上にない称賛だ。


自然と口角が上がる。

こんなもの、どうして喜ばずにいられるだろうか。

「学ぶ事を楽しいと思っていただけたなんて、私の方こそ光栄です」

格別の嬉しさを噛《か》み締《し》めながら、私は思う。

これで彼女の期待に応えないなんて、こんなにもったいない事はない、と。

「分かりました。では続きを始めましょう」

こうして私は休憩なしで、今日のうちに最後まで教える事を決めた。

「今日作っていただいた二種類の決算書から、旦那さんのお店の経営状況と問題点を洗い出す事ができます。つまり、彼が抱えている悩みが、これで大方分かると思います」

「ついに、ね」

「えぇ」

そう答えながら、私は彼女が先程完成させたばかりの、直近一ヶ月の『賃借対照表』を指し示す。

「まずはこちらを見てみましょう。先程も説明しましたが、この表には帳簿の締め日時点でのお店の経営状況が反映されています。この表の右半分には、店の元手などの『締め日時点でお店のために使えるお金』が、左半分には『元手の、締め日時点での使い道』が、それぞれ大きなくくりで分類されて記載されています。今回、まず確認すべきは、右側」

そう言って、私は右半分に幾つか書かれている項目のうちの一つ、『返済の義務があるお金』と書かれた部分を指さした。

「ここに書かれている金額は、最初からお店で使うために用意していたお金ではなく、どこかから工面してきた形跡があるお金です」

「ゼロじゃないわねぇ……」

「えぇ。つまり旦那さんは、どこかからお金を用立てているという事です。——そして」

今度は今見ている直近の表の隣に、六ヶ月分の貸借対照表を時系列でズラリと横並びにする。

「同じ項目を、六ヶ月前から順に見ていってください。……ほらここです。四ヶ月前から用立てが始まり、それから毎月じりじりとその金額が増え続けています」

前世の簿記用語で『負債』と呼んでいたこの場所の数字は、必ずしも借金を示すものではない。たとえば何かを仕入れた時に翌月支払いをする場合は、一時的に取引相手に借金をしている扱いになるので、ここに数字を加算する。

しかしロナさんの旦那さんのお店に関して言えば、ここに書かれているお金は返している形跡がない。それどころか、月を追うごとに増えている。

帳簿にも「資金補充」という名目で書かれているため、どこかから補塡《ほてん》してきているのは確実だ。

「現状、このお店の経営は、このお金のお陰で辛《かろ》うじて赤字を帳消しにできている状態です。ですから、もしこのお金の充塡が底をついたら」

「立ち行かなくなる？」

「赤字経営は、もって数ヶ月間かと思います」

少し酷な事を突き付けてしまうようだけど、嘘をついても仕方がない。

現状を理解できていなければ適切な対策は立てられないし、もしこのお金が誰かからの借金だとすれば、利息が発生している場合もある。その場合、返せない期間が増えれば増えるほど、借金は雪だるま式に増えていく。そういう懸念も必要である。

しかし最後の件については、私の杞憂《きゆう》だったようだ。

「……多分これ、旦那が趣味に充ててるお金だと思うわ」

「趣味、ですか？」

「うん。旦那は頑ななまでに借金が嫌いだし、お小遣いの中からコツコツ貯《た》めたお金をたまに趣味に使うんだけど、そろそろ貯まってる筈なのに、今回はまだ使ってる気配がないのよぉ。だから、たぶん……」

あの人らしいわねぇと苦笑するロナさんを見ながら、私も利息の心配はいらないと分かって少し安堵する。

しかしこのような補塡がそう長くは続かないのは、変えようのない事実でもある。

「どちらにしろ、四ヶ月前から経営状況は悪化し、現在状況が切迫している事は確実でしょう。ではここからは、何故そうなってしまったのか、原因を探ってみようと思います」

そう言いながら、私は横からある一枚を出して彼女に見せた。

「これは、先程の表の左側——各お金の使い道の情報を、図にしてみた状態です」

紙に書いてあるのは、折れ線グラフ。お店の持つ『現金』や『商品』などの増減が、時間の経過で分かるよう、それぞれ線で表している。

「これで、各月のお金の使い道の変動が分かると思います。これを見て、何か気がついた事はありますか？」

「えーっと、この四ヶ月前。この『商品』だけグンと上がってて、代わりに『現金』がガクッと下がってる」

「そうですね。『商品』は、仕入れた商品を現金化した場合の額。『現金』はこの月にすぐに動かせるお店のお金の事です。ここには売上金額も含まれます。さてロナさん、『商品』が上がり『現金』が下がっているという事は？」

「仕入れた商品が、売れずに残った……？」

自信なさげに言う彼女に、私は微笑み交じりに「正解です」と頷いた。

ちなみに、その翌月以降、『商品』はほぼ横ばいになっている。

商品の売れ残りに気がついて仕入を止めたか、翌月からはそれなりに売れるようになったため更なる赤字を作らずに済んだのかまでは、この表だけでは分からない。しかし、この月で仕入れた何かが想定通りには売れず、現在においてもその損失が穴埋めできていない事。そしてそれが経営を圧迫している事は、ほぼ確実だと言っていいだろう。

「とりあえず、これで四ヶ月前に何かがあったのだろうという当たりはつける事ができました。では、何があったのか。『損益計算書』を、確認してみましょう」

そう言いながら、もう一つの決算書、六ヶ月分の損益計算書を横並びにして広げた。

経営悪化の原因は、大きく分けると二つある。

利益が減ったか、支出が増えたか。その答えが『損益計算書』で確認する事ができる。

「こちらの決算書では、該当一ヶ月間の『収入』と『支出』と『利益』の内訳が分かります」

「……あ、やっぱり四ヶ月前に」

「そうですね。この月は、収入……中でも売上がガクッと減っていて、その翌月、三ヶ月前には後を追うように支出——仕入額も減っているようです」

紙を指さしながら言う。

ちなみに、支出に分類される『仕入れ以外の必要経費』。具体的には、消耗品や設備費などには、大した変動は見られない。

つまり。

「経営が圧迫されている原因は、支出が増えたせいではなく、利益が減ったから。四ヶ月前に店の売上が減ったせいで間違いありません」

「でも何で……」

「それを知るためには、事が起きた四ヶ月前と、起きる前の五ヶ月前。この頃の仕入帳簿と売上帳簿を、それぞれ見比べてみる必要があります」

「何が変わったか見ればいいの？」

「はい。増えたもの、減ったもの。何でも構いません。探してみてください」

私の答えに応じて、ロナさんは目を皿のようにして帳簿を見始めた。

そんな彼女を、気長に見守る。早々に答えを見つけた身としては、気付けば簡単だけど少し難易度が高いそれを見つける事ができるか。期待しながら待つのみだ。

彼女は三分ほどの間、帳簿とにらめっこをしながら、うーんうーんと唸《うな》っていた。しかしついに

「あっ」と声を上げ、五ヶ月前の仕入れ帳簿の、ある一点をピッと指さす。

「この商品、五ヶ月前までは入荷してるのに、四ヶ月前からは仕入れてない！」

「流石はロナさん、正解です」

そう答えつつ、彼女が指さした五ヶ月前の該当行に☆マークをつける。

仕入の内容は『ディラルディの染め布ハンカチ』。売上帳簿を見てみると、どうやらかなり売れ行きのよかった商品らしい事が分かる。

しかし四ヶ月前に当該商品の仕入れがなくなって、おそらく在庫分が切れたのだろう。売上帳簿からも月初め早々に姿を消して、以降はパッタリと出てこない。

「おそらく何らかの理由で、四ヶ月前からこの商品を仕入れられなくなってしまい、代わりに仕入れた新商品が思いの外売れなかった結果、『商品が売れ残り、売上が打撃を受ける』という事態になったのだと思います」

言いながら、四ヶ月間のある商品の仕入行にも☆マークをつける。

こちらは、五ヶ月前にはなかった仕入れ商品だ。仕入れたのは四ヶ月前だけのようで、三ヶ月前の帳簿には同じ商品の仕入記録がない。三ヶ月前から『商品』がほぼ横ばいになっている理由は「売れ残りの多さに気がついて仕入を止めたから」でおそらく間違いないだろう。

「あ、この工房……」

「何か心当たりが？」

「そういえば、その工房の焼き印がされた木箱、最近店の裏で見なくなったなぁって今思い出したわぁ……」

ポツリと零《こぼ》した彼女の言葉に「木箱、ですか？」と聞き返す。

「商会とか伝統ある職人家系の中には、自分たちの印を持ってる人もいるのよぉ。そういうところは自分たちの商品をお店に卸す時に、焼き印をした木箱に入れて持ってくるの。私は、店の手伝いはしてないけど、たまに旦那の忘れ物を届ける時とかに裏口からお店に入る事があって」

「その時によく見ていた印の木箱を、最近見なくなったと？」

「ディラルディのやつだけね」

なるほど。たしかに前世でも、ブランドロゴが箱や紙袋に印字してある事はよくあった。

ブランドの宣伝目的なのか、職人としての矜持《きょうじ》なのか。納入する時の箱にという事だから後者の要素が強い気がするけど、どちらにしてもそういう文化は理解できる。

ロナさんもその工房名を完全に認知しているみたいだし、見なくなったのも気のせいだとは考えにくい。

「ロナさんの旦那さんが頑なに話さない、仕事上のトラブルとは、おそらくこの事なのでしょうね」

「あのハンカチ、お手頃価格のわりに他にはない鮮やかな色で、よく売れてたみたいだから……」

嘆くようなロナさんの声を聞きながら、私は「もしかしたら旦那さんは、その商品が売れる理由を見誤って、代替商品を仕入れてしまったのかもしれないな」と内心で独り言ちる。

しかし、だとしたら少し詰めが甘い。

一応商品が売れない事に気がついて仕入れは止めているけど、あくまでもそれは対症療法。厳しい事を言うようだけど、帳簿の向こう側に見え隠れするのは、旦那さんの経営者としての想定不足・

準備不足だ。

商売をしていればいつだって、何らかの理由で商品を仕入れられなくなる可能性がある。彼はそれを想定し、事前に動いておく必要があったのだ。

たとえば、売れない商品を仕入れる事にならないよう、事前に売れ筋商品が売れ筋である理由をしっかりと調査し、いざとなったら適切な代替品を仕入れられるように渡りを付けておく。または、売れ筋商品を複数作って、もし一つがダメになっても、他の商品で経営を支えられるようにしておく。そういう努力が必要だったのだ。

——まぁ、過ぎた事を言っても仕方がない。これからはその辺も考えた方がいい、というだけの話だけど……。

そんなふうに思考を着地させたところで、おもむろに「それにしても、すごいわよねぇアリスって」とロナさんが言ってきた。

あまりにも唐突だったから、一瞬何の事か分からなかった。私がきちんとそれを理解できたのは、彼女が「だってアリスったら、本当に帳簿の数字だけで旦那の隠し事を暴いちゃうんだものぉ」と言葉を続けた後である。

「何を言っているんですか。ロナさんと一緒に見つけた答えですよ？」

実際に私がした事と言えば、帳簿から当時の旦那さんの行動や選択の可能性を拾い、繋《つな》ぎ合《あ》わせただけ。ロナさんが色々と気付いたり旦那さんの性格や心情をよく知っていたからこそ、情報を補完する事ができて、「おそらくそれで間違いないだろう」というところまで整理できたのだ。

「でも間違いなく、アリスにここまで導いてもらったものぉ」

「そういう事なら、帳簿の力ですよ。実際の数字から店の状況を把握して、今後の方針選択の一助にする。それこそ帳簿の存在意義ですから」

「アリスはもうちょっと『自分のお陰だ』って胸を張ってもいいと思うんだけどねぇ」

呆れたような声色で、ロナさんにそう言われてしまった。

しかし一連の謎解きは、簿記の知識さえあれば、大抵の人間にはできる。それこそが知識のいいところだし、知識を得た人間が持てる優位性でもある。

特に私は、ここことは違う世界の知識を持っているから、半分ズルみたいなものだ。すべてを自分の手柄にするには、少々気が引ける。

「でもそっかぁ、旦那の店、売れ筋商品がなくなったせいで経営が悪化してるのね……」

どうすればいいのだろう。そう言いたげに、ロナさんは眉をハの字にした。

しかし私は彼女の言葉に、どうにも煮え切らない気持ちを抱く。

「本当に、それだけが理由なのでしょうか」

呟くようにそう言うと、ロナさんが「え?」と驚きの声を上げる。

解決したと思った事が蒸し返されたのだ、彼女が驚くのも無理はない。

しかし五ヶ月前までの経営がうまくいっていた時の帳簿を見る限り、別にそれまで赤字ギリギリの運営をしていた感じでもないのだ。にも拘《かかわ》らず、売れ筋の商品が一つ入荷しなくなっただけで経営が一気に悪化するというのは、いまいちしっくりと来ない。

私が持っている実務経験は、王城でのものだけだ。商売には関わった事がないから、実際にはそういう事もあるのかもしれないけど……。

「もう少し深掘りしてみましょうか」

言いながら、近くにあった新しい木紙と木炭を手に取り、考える。

二つの決算書と帳簿を見る限り、問題は売上が減った事に集約される。となれば、やはり探るのは売上帳簿だ。

商品の値段は……変わっていない。なら比較できるのは、純粋に売り上げた数だろうか。

「ロナさん、少し手伝いをお願いしてもいいですか？」

「何でも言って」

「私がここに書き出す数字を、足し算してメモしてほしいのです」

ロナさんは、快く手伝ってくれた。

私が月別・商品別に商品の売上個数を書き出していき、ロナさんにはそれを足し算してもらう。

共同作業をしたお陰で、作業にそう時間はかからなかった。そしてすべてが終わった時、私は「あぁやはり」と息を吐いた。

「売上がなくなったのは、仕入れられなくなった商品だけではありません。他の商品も引っ張られるように、四ヶ月前から売上個数が徐々に減っていっています」

目減りしていった売上個数は、体感では分からないような絶妙さだ。こうして数字で数ヶ月分の数字を起こして並べてみないと、私も気がつかなかった。

店頭に立っていれば、会計や品出しをする過程で、他の商品の売上低迷に気がつく事もできるだろうか。しかしもし気がつけてもそれだけでは、できるのは精々が対症療法だ。

「見てください。売れ筋商品の売上がなくなった翌月から、他の商品の仕入数も、徐々に減らしているようです。これ以上の損失を出さないための対策ですね……」

対策を取れているだけマシという見方もあるけど、損失を抑えて現状維持をし続けているだけでは、物事は一向に解決しない。

打開策を取らなければ、いずれ限界は来てしまう。帳簿の数字が回復しないのは、現状に手をこまねいている証拠でもあるのだろう。

「そんなぁ！　他の商品も売れなくなったら、間違いなく旦那の店、潰れちゃう!!」

ロナさんが、涙目でそう声を上げる。

旦那さんが頑張って店をやりくりしているのを、彼女はとてもよく知っている。自分たちの生活が脅かされる事以前に、どうにかしたいと思ったに違いない。

助けを求める彼女の目を見て、私はニコリと微笑んだ。

「そうですね。そうならないためには……ロナさん、何故他の商品の売上も、落ちているのだと思いますか？」

「え……？」

「何故こうなっているかが分かれば、自《おの》ずと打開策も思いつくというもの。ですから、考えてください。ロナさんが買い物をする時、どんな事を考えて店に行くのか。どういう状況になれば、全体的に商品の売上が減ってしまうか」

安易に答えはぶら下げない。

こういう時こそ、考える事をやめてはいけないのだ。そうでなければ学ぶだけ・頼るだけで出した結果を、自分の成果だと勘違いしてしまう。

それに、ロナさんなら大丈夫。彼女はこの答えを既に持っている。

彼女が私に教えてくれた事だ。大丈夫、彼女ならきっと答えに辿《たど》り着《つ》く事ができるだろう。

◆◆◆

いつもよりたくさんアリスと勉強をして、夜になる前に家に帰った。

旦那が店を閉めて帰ってくるのは、午後七時。それまでに、いつも通り洗濯物を取り込んで、夕食の支度をして。

少し慌ただしくなったけど、いつもはしている合間の休憩時間を削ればギリギリ間に合った。

夕食作りを終えて一息ついていると、やっぱり今日も機嫌の悪い旦那が家に帰ってきた。

もう最近はずっとこんな感じだ。大分慣れてしまったし、今はもう私だって、旦那の悩みが『時間が解決してくれるような類のもの』ではない事を知っている。

旦那が険しい顔で考え込むのも尤もだ。逆に頑固でカッコつけで責任感が強い旦那が、気を揉《も》まない方がおかしい。

アリスが旦那の抱えている問題を明るみにしてくれたお陰で、彼の不機嫌に晒《さら》されても、今日の私は心が広く在れている。

でも、それだけじゃいけない。

せっかくアリスに色々と教えてもらったのだ。活かさなければ嘘である。

「ねぇグラッツ」

夕食を食べ終わった後、彼の前からいつものように食器を下げた私は、洗い物を後回しにして旦那の前へと立った。

目の前には、案の定「何だ」とでも言いたげな四角い仏頂面がある。

今にも「俺には今考える事がある。構うな」と言い出しそうだった。実際に言おうとしたのだろう、彼が口を開きかける。

でも私だって、伊達《だて》にこの人の妻をしている訳ではない。

「話があるの。大事な話が」

遮るようにそう言って、彼の向かいの席に座る。

私はよく知っている。流石にここまでして話し合いの姿勢を示している妻を、この人は突っぱねたりできない。

いつもと違う私の強引さを、グラッツは怪訝《けげん》に思ったようだ。若干鬱陶しげではあるけど、元々普通にしていたところで、それなりに圧のある人だ。こういうのは気にしたら負けである。

「最近機嫌が悪い理由、きちんと話すつもりはない？」

「お前には関係ない事だ」

「関係はあるでしょ？　私たち、夫婦なんだから」

前にも返された事のある言葉に、今日ばかりは言い返した。

まさか言い返してくるとは思わなかったのだろう。彼の片眉を上げた顔が、明らかに驚きを示している。

私は一度深く息を吐き、お腹《なか》にグッと力を入れた。

ここからが本番だ。気合を入れろ。

頑固なこの人の事だから、一度「聞く価値がない」と思ったら、もう断固として耳を貸さない。

ちょっとした緊張感と共に、アリスから教えてもらった事や一緒に考えた事を頭の中で反芻《はんすう》しながら、チェストの上に置いていた木紙をテーブルに出した。

私にとっては、もうすっかり見慣れた帳簿類一式の姿だ。

しかしグラッツにとっては、初見の代物。彼の顔に「何だこれは」と書かれている。しかし私はそれを飛び越えて、早速話の核心をついた。

「貴方《あなた》が何に悩んでいるか、全然教えてくれないから帳簿を見てこっそり調べたの。――店の売れ筋だった『ディラルディの染め布ハンカチ』、ここ四ヶ月、入荷ができなくなっていたのね」

彼の目が驚きに見開かれる。そして「周りに聞いて回りでもしたのか」と、苦々しい顔で聞いてきた。

「そうじゃなくても機嫌が悪い相手が更に嫌がるような事はしないわよぉ。さっきも言った通り、帳簿を調べただけ」

「それだけ……？」

訝《いぶか》しげな目があからさまに「信じられない」と言っている。

おそらく「私が帳簿を見たところで、そんな事分かる筈がない」と思っているのだ。

彼の考えは正しかった。――つい二ヶ月と少し前までの私相手になら。

帳簿類一式の中から一枚、六ヶ月分の『貸借対照表』の数字を一枚に纏めたものを、私は選んで彼の前に出す。

「これは、ここ最近六ヶ月分の、毎月月末時点での、店で使ってるお金の内訳を並べた結果。貴方、ちょうど『ディラルディの染め布ハンカチ』が仕入れられなくなった四ヶ月前から、自分の貯めてたお小遣いをお店の赤字補填に充ててるでしょ。それでも店の経営は悪化し続けてる」

アリスに教わった通りに、表の要所要所を指さしながら、グラッツに確認を取っていく。

言葉こそ返ってこないものの、最初は面倒臭そうに紙を一瞥しただけだった彼が、示した木紙をジッと見ている。

険しい顔をしているのは、突き付けられたくない現実を目の前に晒されているからだろうか。それでも事実を偽って反論しないのは、何ともこの人らしいけど。

「しかも、その月から段々と、他の商品も引っ張られるように売上が落ちてる」

「……何だ、このへんてこりんな絵は」

「『折れ線グラフ』っていう名前らしいわ。月ごとに、何が何個売れたかの変動を線で示してるんだって。線が上向きなら前月より売れてる、下向きなら売れてないって事。……こうして見たら、ほとんどの商品の売れる数が四ヶ月前からジリジリと下がり続けてるのが、よく分かるでしょ」

呟くような私の声に、グラッツはグッと押し黙る。

そういえばアリスが「この話をしたら、旦那さんが少々悲観的になってしまうかもしれない」と言っていた。彼はもしかしたら、ハンカチが仕入れられなくなった事で売上が落ちている事にまでしか、気がついていないかもしれないからと。

顔を見れば、悲観とまでは言わないまでも、たしかに元々険しかった顔が、一層険しくなっている。

流石はアリス。彼女の予想はきっと当たっているのだろう。

でもだからこそ、私がアリスに学んだ意味があるというものだ。

「他の商品の売れ行きも悪くなったのは、多分『何かのついでに買い物をする人が減ったから』だと思うわ」

サラリと彼にそう言うと、グラッツが顔を上げこちらを見た。

驚きに目を見開いている。鳩《はと》が豆鉄砲を食ったような顔で、申し訳ないけどちょっと面白い。

「考えてみれば簡単な話よ。私たち平民は、時間的にも金銭的にも、当てもない買い物をするほど裕福じゃない。店に行く時は何を買うか、当たりをつけて行くものでしょぉ？　売れ筋だったハンカチが店頭に並ばなくなったら、それを目当てに買い物に来てたお客さんの客足が遠のく。その結果、ハンカチのついでに買ってたものも、一緒に売れなくなっちゃったのよぉ」

アリスに促されて、頑張って考えて私が出した答え。それが正にこれだった。

そもそもうちの店は、あまり立地がいいとは言えない。目当てのものがなくなれば、わざわざうちに来る必要もないのだ。

何かをついでに買うにしたって、他で買い物をした時についでに買えばいいというだけ。買う場所がちょっと変わるだけで、お客さんたちはそれ程困らない。

そんな心理に思い至らなければ、おそらく原因は永遠に分からなかっただろう。

こういうのって、普段あまり買い物をしないグラッツでは気がつかない事じゃないだろうか。だとしたら、私だからこそ手伝える事とか、出せるアイデアもあるんじゃないのか。

「……ねぇグラッツ。私も少しだけ勉強したわ。今なら多分前より少し、貴方に頼ってもらっても『意味がない』って思われたりは、しないんじゃないかって思うの」

そう、ポツリと言葉を零す。

私はこれまで、彼が家で一人で機嫌を悪くしていた事に腹を立てていた一方で、ずっと心配もしていた。

私は彼の、頑固だけど責任感が強くて、簡単には意思を曲げないところに惹《ひ》かれて一緒になった。

彼が他人に弱みを見せたがらない性格なのも知っている。そんな彼の、一番の理解者で在りたいと思っている。

けど、本当は少しだけ「私にくらい、弱音を吐いてくれたっていいのに」という気持ちも抱えていた。

「もちろん貴方が『自分の領分の事は自分で頑張りたい』って、思ってる事は分かってる。でも店の行く末は、そのまま私たちのこれからにも関わってくる話じゃない。だからその、ちょっとは相談してくれてもいいんじゃないかって思うんだけど」

今までは「無理だから」と諦めて、そういう気持ちに蓋をしていた。

でもアリスのお陰で変われた。できる事が増えた事で、今の私なら、旦那にこの気持ちをぶつけてもいいんじゃないかって思えるようになった。

私はもう、彼との対話を「しょうがないから」なんて理由で諦めたりはしたくない。

せっかく夫婦になったのだ。一緒に苦楽を共にできた方が、絶対にいいに決まっている。

「……売れ筋だったハンカチに似た商品の入荷を、検討してはいるんだが」

唐突に呟かれた一言は、ただの独り言のようにも聞こえた。

私の要望への、真っ向からの答えではない。でもこれは彼が初めて、私に対して相談らしきものをした瞬間だ。

ぶっきらぼうで、あまりにも不器用すぎて。それが何とも彼らしくて、口角が勝手に上がってくる。

「それだけじゃまだ足りないわよぉ！　新しい売れ筋商品の開拓もするとして、並行して今ある商品の売上を伸ばす事も、ちゃんと考えなくちゃあねぇ！」

「お前、そう簡単に言うけどな」

声は勝手に大きく弾む。呆れたようなグラッツの顔を見て、何だか無性に嬉しくなった。


ひとしきり話が終わり、お茶を淹れて二人して一息ついた頃。グラッツが「そういえば」と私に聞いてきた。

「ところでお前、帳簿とか商売の話なんて一体どこで聞いてきた」

「え？　どこでって……」

何を今更……と考えて、ハッとする。

そういえば、勉強を教えてもらっていた云々《うんぬん》の話は、まだ一度もした事がない。そりゃあ知らない筈だわと、何だかちょっと笑ってしまう。

「実は私には、とてもいい『先生』がついてるのよぉ！」

胸を張ってそう答えると、「えらく得意げだな」と言った彼が、目尻に皺を寄せて笑う。

いつぶりだろう、この人がこうして笑うのを見たのは。それもこれも、すべてアリスのお陰である。

おそらく四、五歳くらい年下の、どこか気品のある女の子。

色んな事を知っていて、周りへの配慮を常に忘れない子で、勉強なんて初めてする私にも根気強く教えてくれて、教え方も優しくて、分からなくても怒ったりしなくて。

決して甘くはしないけど、多分それだって私のためだ。

「そりゃあ得意げにもなるわよぉ。だってその子のお陰で、今日の私があるようなもんだしねぇ！」

前よりも少し胸を張れるようになった自分が嬉しくて、そう思えている今の自分が誇らしい。

アリスに勉強を教えてもらうまでは、こんな未来があるだなんて、思ってもみなかった。

チャレンジしてみてよかった。アリスに教えてもらえてよかった。

本当に素直に、そう思うから。

「あの子、まるでおとぎ話の魔法使いみたいなんだからぁ！」

知識一つでこれほどまでに私を変えてくれた彼女を、私は心から尊敬している。

第四章　平民アリスの勉強会②　病弱にもやさしい刺繍《ししゅう》講座

身だしなみを気にする暇があったら、その分仕事を片付けるべき。少し前の僕は、よくそんなふうに思っていた。

しかし人間、変わるものだ。


「行ってくる」

きっちりとアイロンのかかった平民服に着替えて、襟を正しながら部下に告げた。

執務用の椅子の背もたれに、先程まで着ていた文官服をかけている。今着ている服ほどきっちりとアイロンはかかっていないものの、以前まで当たり前のように着ていたよれよれのシャツは、もうどこにもない。

身につける服の様相が変わると、不思議と意識も変わってくるらしい。先日部下から「ルステンさん、最近ちょっと姿勢がよくなりましたね」と言われて少し驚いた。

言われるまで、周りから姿勢が悪いと思われていた事さえ知らなかった。

執務室から廊下に出ると、すれ違った部下たちが挨拶をしてくる。

以前は素通りだったのに、最近はこうして部下からちょっとした声をかけられる事が増えた。

原因は、単純に僕が執務室から出るようになったからか、それとも何かが変わったのか。明確な答えはよく分からないが、挨拶をされて嫌な気はしない。

変わった事といえば、政策の改案を進めて以降、仕事自体は忙しくなったが、イライラする事は減った気がする。

充実感があるからか、それともアリステリア様に言われて増やした睡眠時間の賜物《たまもの》か。

今日も気分は悪くない。……いや、今日に関しては、別の理由でかもしれないが。

月に一度アリステリア様に、僕の口から業務報告をする事になっている。

今日は正にその日だった。身分を隠して町に住む彼女のもとに、通っていって報告をする。彼女の迷惑にならないようにするため、平民服への着替えもばっちりだ。

もう数度行った事があるし、そもそも僕が見繕った場所だ。道順は頭に入っているし、今日の報告内容は『改案した新事業開発補助策の運用について』と、改案後初めてのケースとして取り上げた『乳製品の流通について』。

両方とも順調だから、気持ちとしてはアリステリア様の様子を見に行くような感じだ。

特に『乳製品の流通について』は、最初こそ「私が疑問に思ったからといって、必ずしも取り上げる必要はないのですよ？」と、眉尻を下げながら言われてしまったものの、僕が「領主代行として、クレーゼンにとって有用な案件だと思ったので」と答えれば、安心したように微笑《ほほえ》んで「では報告、楽しみにさせていただきますね」と言ってもらえた。

きっと順調だと知ったら、喜ぶだろう。そう思うと心は弾んで――。

「どうよ仕事」

「そうだなぁ。色々勝手が変わったし、まぁ結構大変だわな」

通りかかった休憩所の扉が、ほんの少しだけ開いていた。

中から漏れ聞こえる部下たちの話し声から、どうやら新事業開発補助策の改案の余波に関する話だろうという見当がつく。

職場の責任者としては、話の内容が気にならない訳がない。

以前「言いたい事は遠慮せず、直接言いに来てくれ」と言い、実際に来た者もいたが、全員が全員言いたい事を言いに来られた訳ではない事くらい、僕にも分かっている。

大半は不満を抱きながらも、きっと我慢して仕事をしている。そう思えばこそ、彼らの本音を聞きたいと思い、魔が差した。

扉の前で足を止めていると、中から声が漏れてくる。

「実際さ、現場としては『こっちの大変さも知らないで』って思ったよな。『よりよくするための案を歓迎する』とか言ってたけど、口だけだろって思ってたし」

「まぁな。『いくら新規事業案を上げても、悉《ことごと》く却下してきたくせに今更』とかも思ったわ」

そうだろうな、と思った。それは現場が抱くべき正当な感情だ。

にも拘《かかわ》らず思わず視線が下がってしまったのは、分かっている事と落ち込む事は、また別の話だからである。

しかし、この話には続きがあった。

「でも、なぁ？」

「最近少し変わったしな、あの人」

少し驚いて顔を上げる。

反射的に扉に目を向けると、隙間から――おそらく声の主たちだろう――二人の男たちの背中が見えた。

「今までは滅多《めった》に執務室から出てこなくて『生きてんのかあの人』とか言われてたけど、最近は何かとこっちを覗《のぞ》きに来るし」

「それな。最初は俺も配置換えされて『面倒を被《こうむ》った』と思ったけど、俺は配置換え先でたまたま得意分野を割り当てられてさ。却《かえ》って仕事がしやすくなった」

その感想に、ホッとする。

働く者の人数にそもそも余裕があった訳ではないから、今回作業量が増えるにあたって人員配置の見直しは、実は最大の課題だった。

部下たちに最大限の力を発揮して仕事をしてもらえるようにと、実は陰でこれまでの部下の成果物を見直したりして、適材適所を心掛けた。どうやらそれらの努力の甲斐《かい》は、少なからずあったらしい。

ちょっとホクホクとした気持ちになっていると、更に「それに」という、どこか呆《あき》れたような声が聞こえてきた。

見れば、声の調子を裏切らない、肩をすくめた後ろ姿がある。

「実際、今回の改案で一番仕事が増えたのって、間違いなく領主代行だろ」

「まぁなー、通常の書類仕事に加えて、改案に則《のっと》った発案者と有識者との三者会談に出たり、俺らの様子を見に来たり。実はたまに、部下の仕事のフォローとかもしてるだろ。あそこまで奔走してるのを見たら、流石《さすが》に文句は言えないっていうかな」

こちらに気がついている気配はないから、おそらくお世辞ではないのだろう。

僕は一人、頬《ほお》を掻《か》く。別に自分を認めてほしくてしていた仕事ではなかったが、そう言われると満更でもない。

「そういえばさぁ、最近あの人身だしなみ気にし始めたけど、今日は特に朝から綺麗《きれい》にひげを剃《そ》って髪も整えてって、めっちゃ気合い入ってたぞ」

「あぁ、最近たまにあるよな、そういう日。何なんだろ、あれ」

今の話は、聞かなかった事にしよう。そう内心で独《ひと》り言《ご》ちて、再び廊下を歩き始める。

……そんなに露骨だっただろうか。いやでもアリステリア様に会うのだ。彼女自身は朗らかな人なのできっと気にしないのだろうが、平民街にいながらも、彼女は周りから『都会の大商会の娘』だと思われているような人である。

そんな人のところに行くのだから、恥ずかしい格好ではいられない。

つまりこれは、れっきとしたマナーの一種だ。他意はない。

さぁそれよりも、少し寄り道をしてしまった。ちょっと先を急ごうか。

前回報告に行った時は、嬉《うれ》しそうに「周りによくしてもらいながら、友人に知識供与をしつつ生活しています」と僕に話してくれた。

今日はどんな話が聞けるのか。逸《はや》る気持ちに素直に、僕は颯爽《さっそう》と領主館を出た。

◆◆◆

「こんにちはー、アリス」

穏やかな昼下がり。市井《しせい》の一角にある何の変哲もない木造の家に、一人の女性がポニーテールを揺らしながら入ってきた。

やってきたリズリーさんに「こんにちは」と応じると、彼女は室内を見回して「あれ、ロナは?」

と聞いてくる。

旦那さんの営む食堂でウエイトレスとして働くリズリーさんは、週に三度、お客さんのピークが収まる昼食後少ししてからの時間帯にいつもやってくる。

一方ロナさんは専業主婦のため、昼食後わりとすぐにここに来ていて、リズリーさんが来た時には既にいる事が多い。だから彼女の姿がないのを、少し不思議に思ったのだろう。

「今日はまだ来ていませんよ」

「そうなのー？　珍しいね」

「私の方に少し予定がありまして。ロナさんには、今日は少し遅く来てもらうようにお願いしていたのです」

今日は、一ヶ月に一度の領主館からの報告で、ルステンさんが来てくれていた。

本来なら私が領主館に出向いて話を聞いた方がいいのだけど、ルステンさんが「もし領主館に出入りしているところを見られたら、正体がバレる恐れがありますから」と気を遣ってくれて、彼が来てくれる形に落ち着いた。

私服に着替えて来てくれるので、傍目《はため》に見ればただの知人が訪問してきているように見えるだろう。仕事の大半を任せてしまっている上にそのような配慮までしてもらって、彼には本当に感謝しかない。

彼が来るのも、今日でもう五回目。毎回ロナさんには私的な予定を理由に時間調整をしてもらっていたので、リズリーさんも私の説明を、特に疑問には思わなかったらしい。

納得しつつ、いそいそと収納棚から筆記用具を持ってきて、彼女はいつもの席に座る。

不運だったのは、そのテーブルに先の来客の名残が残っていた事だ。

ギリギリまでルステンさんと領地の話に花を咲かせていたせいで残っていた二脚のティーカップを、フーがササッと片付ける。それを目に留めたリズリーさんが「もしかして、ついさっきまで誰か来てたー？」と聞いてくる。

内心ドキッとしながらも、表面上はどうでもないふうを装う。

「え、えぇ。今日はお客様がいらっしゃったので」

「あぁそういえば、さっきこの家の近くでフードを被《かぶ》った人とすれ違ったけど、もしかしてその人だったのかなー」

そういえば以前、ルステンさんが「領民の前に顔を出すのは式典の時くらいですが、万が一にも顔を覚えられているといけないので、ここに来る時はフードを被ってきています。ご安心ください」と言っていた。

今日も律儀に被っていてくれたようだ。それならすれ違ったところで、彼が誰かは分かるまい。「目深に被ってたから顔はよく見えなかったけど、今思えばあの人、どこかで見た事がある気がしたのよねー。ねぇアリス、もしかして私も知っている人――」

「こんにちはぁ！」

ドッと冷や汗が迸《ほとばし》った瞬間、リズリーさんの言葉の続きを遮るように、明るい挨拶が飛び込んできた。

ガチャリと開いた扉から、ターバンで前髪を上げている女性が慣れた様子で入ってくる。

思い出し顔だったリズリーさんの気が、おそらく逸《そ》れてくれた。

「あ、リズリーもう来てたのねぇ。これから勉強を始めるんなら、せっかく同じ時間からになったし、勉強始めにやる計算二十五問、どっちが早く解けるか競争しないかい？」

「いいねー、受けて立つ！」

どうやらリズリーさんの興味は、完全に計算対決に移ったようである。

ふー、ビックリした。ロナさん、ものすごくナイスタイミング。

「あ、そうだわぁ。アリス」

「何でしょう。スタートの号令が必要ですか？」

「いやそれもしてほしいけど、そうじゃなくて」

じゃあ何だろう。ロナさんの言葉を待っていると、彼女が予想外の事を口にした。

「実はこの前、友達との間でアリスの話になったのよぉ。で、その子が『私もその人に相談したい事がある』って言ってるんだけど、今度その子もここに連れてきちゃあダメかねぇ？」

「え？　えぇ、連れてくるのは別に構いませんが……」

相談とは一体何なのだろう。というかロナさん、その方に、どんな話をしたのだろうか。

いや、まずはそれよりも。

「私がその方の力になれるかは、保証しかねますよ?」

「大丈夫よぉ、アリスなら」

何の根拠もないだろうに、ロナさんは何故《なぜ》か自信ありげだった。


翌日。昨日の今日で早速ロナさんが、ある女性の手を引いて我が家にやってきた。

彼女に連れてこられたのは、日焼けを知らない白い肌に、細い首筋と手首。華奢《きゃしゃ》すぎて、下手《へた》をすれば簡単に折れてしまいそうな女性だった。

市井の方たちは、皆どこかしなやかな強さを持っている。

皆それなりに日焼けもしていて、腕や足に日々の生活で培われた筋肉が備わっている。貴族にはおおよそ見られない健康的な肉体美を持ち、この土地にしっかりと根付いているような印象がある。

しかし目の前にいる彼女は、あまりそういう感じはしない。よく言えば「守ってあげたくなるような」感じ、言葉を選ばなければ「ひ弱な」という言葉がしっくりとくる。

ロナさんの友人だと言っていたから、もっと活発な方を想像していた。少しばかり意外で驚いたけど、それよりも、物静かそうなこの方とロナさん、正反対のタイプに見えるこの二人がどういう知り合いなのかが気になる。

「この子、私の幼馴染《おさななじみ》なのよぉ」

「あぁ、なるほど」

ならあまり性格の違いも関係なさそうだ。一瞬で腑《ふ》に落ちてしまった。

ちょうどよくフーが紅茶を持ってきてくれたので、とりあえずロナさんともう一人の方をテーブルに誘導し、私の向かいに二人という形でいつものテーブルを囲んだ。

「はじめまして、アリス先生。私、ロナの友人でシーラと申します」

座ってすぐに姿勢を正した女性が、しずしずと頭を下げて名乗った。

整った容姿も相まって、見た目だけなら『病弱な深窓の令嬢』と言われたら信じてしまいそうな雰囲気だ。

しかし所作は、市井の方のソレである。ロナさんの幼馴染という話も、きっと嘘《うそ》ではないだろう。

ところで、何故私は彼女から「先生」と呼ばれているのだろうか。そんな疑問が頭をもたげてきたけど、話の腰を折るのも申し訳ない。一旦は流しておこうと思い至ったところで、彼女が「それで」と言葉を続ける。

「実はこの間ロナから、『貴女《あなた》に相談に乗ってもらったお陰で、夫婦問題が無事解決した』という話を聞きまして」

「夫婦問題、ですか？」

思わず首を傾《かし》げると、ロナさんが「やぁねぇ」と言いながら、いつものように空をペチンと叩《たた》く。

「私と旦那の仲を取り持ってくれたじゃないのぉ」

「『取り持って』って、私は単に帳簿の見方などを教えただけではないですか」

「でも結果的に私とグラッツは、今は一緒に奮闘中よ？　家でもギスギスがなくなって、毎日とても過ごしやすくなったんだからぁ」

たしかにそうかもしれないけど、それはただの結果論……と言いたいところだけど、きっと「そんな細かい事はいいのよぉ」と言われてしまうのがオチな気がする。

結局「まぁいいか」と思い至って、シーラさんに向き直った。

「解決できるかの保証はしかねますが、悩みがあるという事でしたら、話してみるだけでもいかがですか？　少しは気が軽くなるかもしれませんし」

微笑を浮かべながらやんわりと促せば、彼女は「はい」と言って、少し俯《うつむ》く。

緊張、しているのだろうか。いや違うような気がする。恥ずかしいという訳でもなさそうだ。これは……あぁ知っている。おそらく『自身への失望』だ。

「実は私、体が弱いんです。外に働きにも行けないどころか、家事もままならない日が多くて。たまに調子がいい日なんかは、こうして外も出歩けるんですが……」

尻すぼみになった弱々しい声を聞くに、おそらく調子がいい日というのも不定期で、不安定なのだろう。

「旦那は『別に気にする必要はないよ』と言ってくれるんです。でも私は、私のために毎日外で頑張ってくれている彼に、何も返せてない事がとても申し訳なくて……」

「シーラったら本当に真面目《まじめ》よねぇ、私なら喜んでお言葉に甘えちゃうのにぃ」

シーラさんが纏《まと》う重い雰囲気を、ロナさんが簡単に笑い飛ばした。

しかしおそらく本人にとっては、ひどく深刻な悩みなのだろう。

「では、シーラさんのご相談というのは、『虚弱な己の体質が故に何もできていない状態を、どうにかできないか』という事でいいのでしょうか」

私がそう尋ねると、彼女は弱々しい声で「はい」と頷《うなず》いた。


自分に自信が持てない。誰かのお荷物になるのが怖い。

そういう彼女の気持ちが、私にはとてもよく理解できる。


怖いのだ、誰かに嫌われて捨てられるのが。

すべては自分に自信が持てないからだけど、どうやったら自分に自信がつくのか分からない。そんな陰鬱とした自分が嫌いで、そんな自分に失望している。

前世の私も、おそらく同じ類《たぐい》の恐怖を抱いていた。

特に誇れるものもなく自分に自信が持てなかった前世の私は、おそらく自分が役立たずだという事や何の見返りも返せない人間である事を、周りに気付かれるのが怖かったのだと思う。

だから甲斐甲斐しく彼の世話をしたり、いつも相手の意思に従順でいた。そうやって、自分の有用性を示そうとしていた。

前世の私は、結局自分に自信を持てないまま、その生を終えてしまった。しかし彼女はまだ間に合う。

今日この家まで来た彼女には、前世の自分では持てていなかった「ダメな自分をどうにかしたい」という意思がある。そんな彼女を、ここで諦めてしまうのは惜しい。

「貴女の病弱体質を治す事は、残念ながら私にはできません」

「そう、ですよね」

「しかし貴女の中に蔓延《はびこ》る不安を、取り除くお手伝いならできるかもしれません」

私の一言に、彼女の顔がゆっくりと上がった。

透き通るような綺麗なライトブルーが、微笑混じりに席に座っている私をまっすぐ映し出す。

初めてきちんと目が合った。しかしそうなって感じたのは、縋《すが》るような目の危なっかしさだ。

自分に対する自信のなさと、他者への羨望。悪化すれば、依存になりそうだ。

依存なんて、きっと今の自分を変えたいと思っている彼女が、何よりも恥ずかしく思う生き方だ。

彼女をそんなふうにはしたくない。

そのためには、正しい努力をする必要がある。

「――シーラさん、裁縫をしてみませんか？」

「え……？」

　私がした提案は、きっと彼女には想定外だったのだろう。困惑顔で「裁縫、ですか？」と聞いてくる彼女に、私は「えぇ」と頷いてみせる。

「えっと、一応夫の服を繕ったりは、普段からしているんですが……」

「お直しではなく、飾り立てる方の刺繍のご経験は？」

「いえ、そんなのないです」

　首を横に振った彼女は、少し申し訳なさげである。しかし、ならちょうどいい。

「裁縫ならば、上半身さえ起こせればベッドの上でもできますし、上達すれば完成品をどこかの商店に並べてもらえる可能性もあります」

「商店に？」

「えぇ。元気な日は無理をしない程度に家事をして、不調の日はベッドの上で手仕事をする。それで店にその品を商品として買い取ってもらい幾ばくかの金銭でも得られれば、日頃お仕事を頑張ってくださっている旦那さんに、何か美味《おい》しいものの一つでも、買ってあげられそうではないですか。もしまだ試していないなら、お勧めします」

　頑張って少しでも手に職を付けて自分で稼いだお金で、旦那さんに日々の感謝を伝える事ができれば、間違いなく彼女の成功体験になる。成功体験の積み重ねは、必ず自信に繋《つな》がるだろう。

「たとえばハンカチや手作りの巾着に、刺繍を入れて可愛《かわい》くするのはどうでしょう」

「で、でも私に、そんなお店に出せるようなものなんて……」

できる筈《はず》がない、と言いたいのだろう。

彼女の懸念は尤《もっと》もだ。

ハンドメイド商品が量産品とは違って『丹精込めて作られた一点もの』として価値を持っている前世とは違い、この世界にはまだ量産品という概念はない。

この世に溢《あふ》れているものはすべて、ハンドメイド作品だ。そんな中で素人《しろうと》が作った商品が店頭に並ぶ事なんて、おそらく想像もできないのだろう。

しかし、だからこその刺繍なのである。

「ロナさんの旦那さんのお店の売れ筋だったのは、色鮮やかな染め布のハンカチだったと聞きます。周りの目を引く事ができる華やかで日常遣いができる小物は、一定の需要がありそうです。その点刺繍ならその条件はクリアできそうですし、クレーゼンでは刺繍がされた小物の流通はまだ少なそうですから、競争相手も少ないでしょう。やり始めるのに大きな設備も要りませんし」

なんせ最初に必要なのは、針と糸と布くらいだ。刺繍が商売にさえなれば、今世においてこれほど初期コストが安い職もないのではないかと思う。

「もし刺繍のクオリティの事を気にしているのでしたら、シーラさんさえよろしければ、私がお教えできますよ」

「え？」

「もちろん私にできる範囲ですから、あまり期待をしすぎないでいただければ嬉しいのですが……そうだ。フー」

「はい」

「ちょっと刺繍を、私の部屋から持ってきてくれない？」

私のそんなお願いに、フーは快く応じてくれる。

「教わるかどうかは置いておいても、どんなものの事を言っているのかは、見ておいて損はないでしょう」

困惑しているシーラさんに微笑みながらそう言えば、ロナさんが隣から「流石はアリス」と口を挟んでくる。

「アリスって、本当に何でもできるのねぇ」

「え？」

「普通平民は、繕い仕事以外の刺繍なんてできないわよぉ」

感心したようにそう言われ、私は思わずドキッとする。

貴族令嬢にとって、刺繍は嗜《たしな》みの一つだ。令嬢同士の交流でしばしば取り上げられたり、結婚すれば丹精込めて作った刺繍入りの小物を伴侶にプレゼントしたりもする。

私の場合は、王妃候補だったため、特に立場に恥ずかしくない技術を叩き込まれている。

前世でも高校生の時にちょっと、興味があって刺繍の本を見ながらやっていた時期があった。そう思えば、意外とこれまでの私にとって、刺繍は身近なものだったようである。

「お嬢様」

「ありがとう。これ、どれも素人仕事だけど」

戻ってきたフーから品々を受け取り、二人の前に並べて見せる。

どうやらフーは部屋にあったものを、すべて持ってきてくれたらしい。作業途中のものも含めた七品を手元に広げると、ロナさんがワッと声を上げた。

「ちょっとアリス！　すごいなんてものじゃないわよぉ、これ！　今すぐ店頭に出せるわよぉ!!」

「誰でも買えるような素材で作った、安価なものばかりですよ？」

「それでもよぉ！　これはもう職人だわぁ!!」

ロナさん、ものすごくテンションが上がっている。そんなに言ってもらえるとは。ちょっと驚いたけど嬉しい。

一方シーラさんはというと、刺繍に目を釘付《くぎづ》けにしていた。興味は持ってもらえたようだ。

「初心者には、このリボン刺繍などから始めるといいかもしれませんね」

そう言って、幾つかある刺繍のうちの一つを試しに勧めてみる。

リボン刺繍は、ワンポイント刺繍の中でも比較的手間が少なく、短時間で完成させる事ができる。

「ちょっとシーラ、教えてもらいなさいよぉ！　こんなふうに作れたら絶対に売り物になるし、アリスは初めて教わる人にも、ちゃんと親身になってくれるわよぉ！」

「そ、そんなっ。私、先生を雇えるほどのお金もありませんし！」

「それについては気にしないでください。見返りを頂くつもりはありません。ロナさんの時もそうでしたし、これは私がしたくてする事ですから。それに、実際にやっている事といえば『井戸端会議のついでにちょっとのお勉強』ですし」

「フーが淹《い》れてくれる紅茶も美味しいし、リズリーがたまに美味しいクッキーを差し入れてくれるしねぇ」

楽しいわよぉ、とシーラさんを勧誘しているロナさんがとても楽しげで、私は思わずフフフッと笑う。

「現在ロナさんはほぼ毎日、リズリーさんは週に三回ほどここに来ています。どちらにしろどなたかは来ていますから、シーラさんも朝起きて体調がいい日にでも、フラッと遊びに来てください。ロナさんとリズリーさんの愉快なお喋《しゃべ》りが聞けますよ」

「ちょっとアリス、『愉快な』って何よぉ」

「え？　そのままの意味ですよ？」

絡んできたロナさんに敢《あ》えてキョトン顔を作って答えると、私たちのやり取りにシーラさんがクスリと笑った。

初めて見る彼女の笑顔だ。よかった、少しは肩の力が抜けたようである。

「刺繍道具は、こちらでお貸しする事もできます。もしご自分のものの方が使い勝手がいいようでしたら、必要に応じて持ってきてください。練習に使う布と糸は、是非うちにあるのを使っていただけると嬉しいです」

「えっ、でも流石にそこまでお世話になる訳には」

遠慮しているシーラさんに、私は困ったように笑う。

ちょいちょいと手招きをして彼女に顔を近づけてもらって、コソコソ話をする事には。

「実は先日、つい目移りしてしまって素材を買いすぎてしまったのです。このままだとフーに『ほらやっぱり使い切れなかったでしょう』と言われかねませんから、もしよろしければ助けてください」

冗談のようで本当の話だ。フーが後ろで呆れたようなため息をついたような気がしたけど、もしかして聞こえてしまっただろうか。

シーラさんは、一瞬キョトン顔になった。しかしすぐにクスクスと笑い出し、「分かりました」と言ってくれた。

閑話　エストエッジの明るい未来展望

王太子という立場は私にとって、窮屈な檻《おり》に無理やりぎゅうぎゅうに押し込まれ、自らの形を無理やりに矯正されるようなものだった。

非凡な才能には恵まれず、隣には常に優秀な婚約者が座っていて。いくら努力したとしても、そんなものなど端《はな》からなかったかのように、周りの人間には認識されない。

頑張った私よりもシレッと仕事をこなすアリステリアの方が、皆に評価されていた。

誰もが私に「アリステリア様のような優秀な婚約者がいて幸せですね」と言ってくる。最初は何とも思わなかった。しかしずっと言われているうちに、段々と堪えがたくなっていった。

やがて、彼女といると息が詰まるようになった。彼女は別に己の能力の高さを鼻に掛けたりはしなかったが、それが却《かえ》って余裕の証《あかし》であるようにも思えて余計苛立《いらだ》ちが募る。

彼女が悪い訳じゃない。それはちゃんと分かっていた。

でもだからこそ、いつからか心に渦巻くようになった自己嫌悪から、解放されたいと思い始めていた。

そんな時だ、運命の人《サラディーナ》に出会ったのは。

彼女と初めて出会ったのは、どこかの夜会だったと思う。

アリステリアといつものように形式的なファーストダンスを踊り、会場の一角に退避して、チビチビとワインを飲んでいた。

少し離れた場所では、他の男と笑顔で話すアリステリアの姿がある。

彼女にダンスの申し込みが絶えないのは、最早《もはや》いつもの事だった。アリステリア曰《いわ》く、「『王太子の婚約者』相手に他の横やりが入らない場所で交渉事をしたい方が多い」のだとか。

ダンスも公務の一環だ。そして公務をアリステリアは、常にそつなくこなす。

音楽に合わせて、アリステリアがまるで手本のようなダンスを踊り始めた。その完璧さを見ているのがしんどくなって、会場内に目を泳がせる。

そうしてたまたま見つけたのである、儚《はかな》げな雰囲気を身に纏《まと》った一輪の花を。

最初のうちは、ただ「見ない顔だな」と思っただけだった。

でも、外見は好みだった。俺に寄りそうべき人間《アリステリア》は今、他意はないとはいえ他の男たちと踊っている。そんな状態に抱いた対抗心も、おそらく私の背中を押した。

彼女に声をかけ、話をした。

内容はあまり覚えていない。しかしすぐに私が王太子だと気付いた彼女が、敬いと憧れと恐縮の念をまっすぐに向けてきた事はとてもよく覚えている。

最初こそ緊張していたようだったが、二言三言と話すうちに彼女の緊張は段々とほぐれていったようだった。

彼女に抱いた印象は、『感情豊かな子』だった。

常に微笑を湛《たた》えている隙のないアリステリアとは正反対で、考えている事が分かりやすい。共感力が強い子で、最初から最後まで、王太子に対する敬意と羨望を忘れなかったのもよかった。


気がつけば、私は彼女に惹《ひ》かれていた。

それ以降、私は彼女と人目を忍んで交流を深めた。


聞けば、彼女は体が弱いせいで、今まで碌《ろく》に社交界には顔を出していなかったらしい。

どうりで見た事のない顔だと思ったのだ。そう納得した一方で、ちょっとした事にも驚いたり喜んだりする彼女が、私の目には新鮮で可愛《かわい》らしく映った。

彼女の共感力の高さは、深い付き合いになっても尚《なお》変わる事はなかった。

私が疲れていると言えば労《ねぎら》い、心配してくれる。アリステリアをしきりに褒める周囲に疲れた私にいつも、「頑張り屋の殿下ではなく最初から才能に恵まれているアリステリア様の方を褒めるだなんて、見る目がない！」と怒ってくれていた。

いつからか、誰に促されるでもなく自然と「彼女はきっと私なしには生きていけない」と思うようになっていた。

その感情は、錆《さ》びかけていた私の自尊心を、ムクムクと復活させていった。

彼女を自分の隣に置こう。やがて私はそう決めたが、一つ弊害があった。

彼女は子爵令嬢。

その上体が弱いとなれば、側妃《きさき》候補に入る事さえ彼女にはきっと難しい。

過去に子爵令嬢が国王の妃になった前例はあるが、並外れた優秀さと結果を示し、反対する周囲を黙らせたからこそ、できたのだと聞いている。

完璧なアリステリアが妃の座にいれば、どれだけサラディーナが結果を出そうとも、かすんでしまうに違いない。悔しい事に、そうなってしまうほどの能力がアリステリアにはある。

その上私はサラディーナに、公の場でも隣にいてほしいのだ。そうなればもう、正妃として婚姻を結ぶ予定のアリステリアは、邪魔でしかない。

その事をサラディーナの前で一度だけポツリと漏らした事があったが、その時の彼女は悲しげでありながらも、健気《けなげ》に「私はたとえコッソリとでも、王太子殿下のお側にさえいられればそれでいいです」と言ってくれた。

健気で可憐《かれん》な彼女のために、どうにかできないものだろうか。本気でそう考え、心を痛めた。

だから愛しい人《サラディーナ》から「どうやらアリステリア様が地方に追いやられてしまうらしいですね」と言われた時は、歓喜した。

「どうやらまだ皆さんには内緒にしているみたいなんですが、あんな遠い土地に追いやられるなんて、アリステリア様、もしかして国王陛下のご不興でも買ってしまったのでしょうか……」

心根の優しいサラディーナが「お可哀想《かわいそう》に」と言って顔を伏せる。

一瞬、どこでそんな話を聞いたのかと疑問に思ったが、そんな彼女の顔を見て、すぐにどうでもよくなった。

やっと取っ掛かりが見つかったのだ。このチャンスを摑《つか》まなくてどうする。そう思い、側近文官に命じて調べさせ、かなり苦労して「父上から直々にアリステリアに、田舎《いなか》の領地をあてがう準備が進んでいるらしい」という情報を手に入れた。

それ以上の話は聞こえてこなかったが、サラディーナにその話をしたら「それ程までにアリステリア様は、国王陛下に嫌われた事を隠しておきたいのでしょうね」と、気の毒そうに言っていた。

なるほど、たしかにアリステリアになら、この話を知っている連中への厳重な口止めもできるだろう。自分の立場が追われるようなスキャンダルだ、躍起になって噂《うわさ》を潰す理由もある。

間違いない。アリステリアはヘマを踏んだのだ。ならば動くのは今しかない。そう思い、先日の夜会で彼女に引導を渡した。

父上から怒られはしたものの、その程度どうという事はない。

正妃の席を空ける事ができたのだ。もうアリステリアと比べられる事もないと思えば、心労も減って一石二鳥だ。

逃げるようにクレーゼンへと旅立ったアリステリアに、胸のすくような思いがした。


サラディーナの存在は例の夜会で皆に周知したし、もう隠れて会う必要もない。

周囲には、アリステリアに過度な期待を寄せている者もいた。そういう人間たちからはたまに冷たい目を向けられるが、精々がコバエ程度の邪魔にしかならない。

順風満帆な日々の始まりだ。そう思っていたのである。


朝食を済ませ、いつものように王太子の執務室へと入って、私は今日もげんなりとした。

この部屋は、今まではいつも綺麗《きれい》だった。

掃除が行き届いているとか、そういう類《たぐい》の綺麗さではない。以前は朝この部屋に来ると机上には何も載っていなかった。必ず私が席に着いてから、書類が持ってこられていた。

それが今はどうだろう。机上には、書類の山。そのすべてが未処理なのは、私が一番よく知っている。

「……昨日からまた、増えていないか」

側付きの文官にそう指摘すれば、すぐに「王太子殿下が執務を切り上げられた後に、書類の提出があったのです」という答えが返ってきた。

しかし私が本当に聞きたいのは、最早そんな事ではない。

「何故《なぜ》こんなに多いんだ。今までの三倍以上はあるぞ」

連日これでは、流石《さすが》にそろそろ限界だ。そもそも、せっかく人目を忍んで会わずとも済むようになったサラディーナとの時間が、この増えた執務のせいで悉《ことごと》く潰されてしまっている。

最近は、そのせいでサラディーナから「構ってくれない」とへそを曲げられる事が増えた。何が原因でこんな事になっているのかは知らないが、どうにかしてもらわねば困る。

「作業量を調整するのも、側近文官の仕事ではないのか」

「たしかにそのように努力する事は王太子殿下の仕事をサポートする我々の仕事の一つですが、これぱかりは流石に無理でございます」

「何故だ」

最初から諦めたような文官の言葉に、私は思わずムッとする。

しかし文官は譲らなかった。

「殿下。王太子預かりの書類仕事の総量は、以前から増えてはいないのです。殿下が今『増えた』と感じているのは、殿下のお仕事を献身的に支えていたあの方が、いらっしゃらなくなったからです」

彼の言葉に、眉が無意識にピクリと動いた。

誰の事を言っているのかは、心のどこかで分かっていた。しかし感情が理解を拒む。考えないようにさせる。

「なら人員を増やすか、他がその分頑張ればいいだろう！」

「殿下のお仕事は、王族またはそれに準じる権限を持つ方しか行えません。私たちのような文官をどれだけ増やしても、殿下の作業量は変わらないのです」

呆《あき》れたようなニュアンスを言葉尻に漂わせた文官に、思わず舌打ちが出そうになった。

ギリギリのところでどうにか堪《こら》えたが、苛立ちはむしろ増していく。

これだけ毎日懸命に執務をこなしているというのに、全然減らない。むしろ積み上がる。

これをアリステリアは涼しい顔でサラッと片付けていたというのだから、私は今も尚自らの無能を晒《さら》しているも同然である。文官たちは、あの時のアリステリアと今の俺を比べて嘲笑《あざわら》っているに違いない。

「もういい、お前は下がっていろ！」

これ以上この文官と話していたら、王太子としてあるまじき嫌味《いやみ》を文官に浴びせそうだった。

それは私のプライドが許さない。これまで懸命に作り上げてきた『王太子』を、今はもうここにいないアリステリアのせいで損うのは嫌だった。


私の言葉に従って、件《くだん》の文官は一礼の後に室内から姿を消していった。しかしこんな心理状態では、目の前に積まれた書類の山に手を付ける気など起きない。


はぁ、この山、どうにかならないものか。

そしてサラディーナとの時間を、どうにか確保できないものか。


荒《すさ》んだ気持ちが、サラディーナの癒やしを求めている。すると後ろから、先程のとは別の文官が話しかけてきた。

「今殿下の仕事が多いのは、単純に『殿下の執務を手伝う人手が減ったから』に過ぎません」

暗に「アリステリアがいない事が理由ではない」と言ったこのキツネ目の文官は、たしか執務をするにあたり、よく俺の意見に賛同して、反対するアリステリアと意見を交わしていた……名前は何だったたか。

「単純な人員不足が問題ならば、解消方法も簡単です。補充すればいいだけの事」

「ただ人手を増やしても意味はない。王族の権限を持つ、優秀な人間でなければ」

「必ずしも優秀である必要もありませんよ。先程の文官はああ言っていましたが、数ある書類を『ただ判を押せばいいもの』と『中身を読む必要があるもの』に分類する人員がいるだけでも、作業効率は上がるでしょう。そのくらいなら、誰にでもできます……が、殿下にはぜひこれを機に、ご自身の欲しいものを勝ち取っていただきたいのです」

「欲しいもの……？」

「はい。たとえば今は空席になっている『殿下の正妃がつくべき席』に、殿下がふさわしいと思う方を据えるための足掛かりにするのです」

そう言われて思い浮かぶのなんて、サラディーナただ一人である。

たしかに彼女を次期正妃の席に座らせられる事ができれば、これ以上に嬉《うれ》しい事はない。が。

「アリステリアを廃した事によって、少なからず父上の怒りを買った。変に急いで話を拗《こじ》らせれば、逆に彼女との未来を閉ざす結果になりかねない」

「ええ。ですから殿下の婚約者としてではなく、純粋な人員補充として新しく『補佐役』を置くというのはいかがでしょうか。立派に補佐役を勤めれば、意中のご令嬢の実績になるでしょう。正妃の座も近づくでしょうし、彼女が補佐役になれば、仕事中も常に共に在る事ができます」

まぁたしかに仕事中も癒やしを摂取できるのは、魅力的だ。

「国王陛下には『補佐役』の許可をいただきますが、元々殿下の婚約者がいた場所の後釜です。周りから見れば、補佐役になった人間が次の婚約者に見えるでしょう。件の令嬢はたちまち『国王陛下も認めた次期正妃候補』になれますし、――もしあの元婚約者が万が一元の場所に戻ろうとしても、既に場所は残っていない状況を作れますから」

なるほど。それなら、密《ひそ》かにアリステリアを再び正妃の座に戻そうと画策している貴族たちを、諦めさせる事もできるだろう。

中々いい案である。この文官、結構有用な助言をするな。

「この側近文官・ノーガンは、どこまでも殿下のお味方です」

名前くらいは覚えておこう。そして父上に『補佐役』の件、相談しに行く事にしよう。

今度こそ、目指せ順風満帆な日々。すべては幸せな世界のために。

第五章　みんなで食べる大皿ご飯

夏ではあっても午後八時となれば、流石《さすが》に日は落ちている。

習い事の帰り道。アスファルトに尾を引く車のテールランプ、周りにたくさんいるスーツや学生服やカジュアルな洋服姿の人たちに、青になった信号機。一目で「あぁこれは前世の夢だ」と理解しながら、高校の制服を着た私は、そのまま人の流れに乗って大通りの交差点を渡り始めた。

何となく空を見上げれば、高層ビルに切り取られた藍色の空が広がっている。

夜空に星が見えないのは、生まれてこの方都会でしか暮らした事がなかった昔の私にとっては、当たり前の景色だった。

クレーゼンの壮大な星空に比べれば、せまっ苦しくて小さな世界だ。それでも意識の表層にいる私は特に嘆く事もなく、ただただ「今日もそろそろ終わるのだ」という淡い実感を抱いていた。

今日は、週に一度の護身術の日だった。

お母さんに「女の子なのだから、万が一の事があるかもしれない」という斜め上の心配をされた結果、勧められるままに始めたこの習い事は、別に好きで始めた訳でも続けている訳でもないけど、意外と性には合っていたらしい。

それ程運動量がある訳ではないけど、適度な疲労が体に蓄積されている。

学校では茶道部の私にとっては、運動する機会なんて体育の授業くらいなものだ。高校入学時からもう二年くらいは続けているけど、特に役に立った事もない代わりに、無駄にもなっていない感じである。

「家に帰ったら、お風呂より先にご飯かな」

小さくグゥと鳴ったお腹《なか》にそんな呟《つぶや》きを返しながら、私はゆっくりと息を吐く。

家に帰ったら、ご飯を食べて、お風呂に入って。その後は学校の宿題を片付けて……。あぁでもその前に、今日はアレを貰《もら》ってきたから、お母さんに相談しておかないと。

そんな事をつらつらと考えながら、私は寄り道する事もなくまっすぐ帰途についた。

「ただいま、お母さん」

ガチャリとドアを開けながら、中に向かってそう告げる。

私の家は、都心に建てられた一軒家だった。

無限にお小遣いを貰えるような家でもないけど、多分貧乏ではないと思う。お母さんは専業主婦だから、家に帰ればいつも電気がついていて、温かいご飯が用意されている。

玄関で靴を脱いで揃《そろ》え、廊下を進み、リビングの扉を開けると、ちょうど台所に立っていたお母さんが私に「おかえり」と言ってくれる。

「ねぇすみれ、今日は期末テストの結果が返ってきたんじゃない？」

「あぁうん、これ」

カバンを探り、先日あった期末テストの成績表を手渡した。

そこには各教科の点数、平均点、クラスと学年内での順位がそれぞれ書かれている。

今回の私の順位は、クラス四十人中二位。学年では十一位。塾に行っているお陰もあって、いつも通りのクラス三位以内、学年三十位以内はキープできた。

お母さんは、その結果を一通り確認すると、いつもの調子で「お疲れ様」と言う。

確認が終わった成績表には、もう関心はないようだ。お母さんは、特に結果に怒る事もなければ喜ぶ事もなく、ただ淡々と自分の家事を再開した。

そんな彼女を前に、私は静かに勇気を出す。

「ねぇお母さん、今日学校で大学の進路調査票が配られたんだけど」

「あら、もうそんな時期なのね。県内の経済学部で出すんでしょう？」

晩ご飯の準備をする手を休めずにそう聞いてきたお母さんに、私は自身のお腹の前で手遊びをしながら勇気を出す。

「実は、第一志望は教育学部にしようかなって、ちょっと思ってて……」

「え？」

冷ややかなたった一音に、思わずビクリと肩を震わせる。

手元から顔を上げたお母さんが、やっと私の顔を見た。眉尻を下げたその困り顔は、何やらしょうもないものでも見たかのような表情で。

「教育学部って、もしかして先生にでもなりたいの？　やめといた方がいいわよ、先生なんて。どうせ聞き分けのない子どもたちと自己中な親の間に挟まれて、嫌な思いをするだけなんだから」

落胆と「やっぱり」という気持ちが、私の中でない交ぜになる。

お母さんがこうして心配《しんぱい》してくれる事は、日常的によくある事だ。私のために言ってくれているのだし、お母さんが言う事は大抵正しい。

食い下がって我を通しても、どうせ重ねて心配を口にしたり、失敗したら絶対に「ほら言った通りだったじゃない」と言われる。従う方が、楽だし話が早い。そんな事はもう分かっている。

「元から予定してた経済学部に、しておいた方がいいんじゃない？　すみれは女の子なんだし、堅実な会社に就職をして、何年か事務職をした後で結婚するのが貴女《あなた》に合ってるわよ。ほら、コツコツやるのは得意なんだし」

「そっか。うん、そうだよね」

私がそう頷《うなず》けば、お母さんはそれで納得したのか、炊事の手を再開させた。

その横顔を眺めながら、私は自分に言い聞かせる。

大丈夫。教師にだって、ちょっと憧れていただけだったし。

私はもう、諦め方を知っていた。


瞼《まぶた》を上げると、窓から柔らかな日の光が差し込んできていた。

「久しぶりに前世のこういう夢を見た……」

そう呟きながら、私はゆっくりとベッドから自身の体を起こす。

前世とは違い、床も壁も天井も、簡素な木造。寝ているベッドにも、もちろん天蓋などというものは付いていない。室内にあるのは、机と椅子とチェストが一台だけ。物が少ない代わりに掃除がしやすい、さっぱりとした部屋である。


随分と懐かしい夢を見た。

私はそう思い、小さく笑う。


夢に見たのは高校生の時だったけど、前世における私の記憶は、きっとどこを切り取ってもああいう感じだ。

誰かの言葉に流される事を、平然と受け入れてしまっていた。その事に何の疑問も抱いておらず、むしろ物分かりがいいのが賢い生き方だと思っていた。

物分かりがいい事自体を、否定するつもりはない。一つの処世術でもあるだろう。自分できちんと納得してそうである事を選んでいたなら、きっとそれはそれでよかった。

しかし私は、そうではなかった。選択をすべて他人任せにして、意思もないまま、ただ無難に生きる事に終始していた。――でも今は。


過去とは違う今を生きられている事を、私はとても誇らしく思えている。

前世の記憶を夢で覗《のぞ》いて一層、そういう気持ちが増した気がする。


窓を開けると、朝特有の爽やかな風が優しく頬《ほお》を撫《な》でていった。

青々と木が生い茂る目の前の庭の空気を胸いっぱいに吸い込むと、新緑の香りが清々《すがすが》しく、どこからか聞こえてくるシュッ、シュッという風切り音が、何やら耳に心地いい。

その音の主が誰なのかは、見るまでもなく分かっていた。私の護衛騎士で、フーからの情報によれば、どうやら最近自身の腕が鈍《なま》るのを嫌って、少しでも時間が空けばすぐに剣を振っているらしい男性。

探してみれば案の定、ダニエルが朝から元気に素振りをしていた。陽光に照らされてキラキラと光る汗を迸《ほとばし》らせている彼は、まっすぐ一点を見つめ、一心不乱に剣を振っている。

「全体的に、筋肉の付き方が綺麗《きれい》なのよね……」

窓の縁に頬杖をついて、思わずそう独《ひと》り言《ご》ちる。

通常、貴族令嬢が男性の体に何かしらの感想を抱くなんて、それがどんな感想であってもはしたないとされている。普段は別にそういう感想を抱く事なんてないんだけど、久しぶりに前世の夢を見てそちらの価値観に引っ張られたのか、それとも単純に、寝起きの緩慢な頭だからか。

「ちゃんと必要なところに必要な筋肉がついているっていう感じがする」

そう呟いた時だった。こちらの視線に感づいたのか、素振りの手を止めこちらを見た彼と、目がかち合う。

「あ、おはようございます。アリス様」

「今日も精が出るわね、ダニエル」

「体を動かしてる時が、一番落ち着くんですよ」

そう言って、ダニエルは肩にかけていたタオルでグイッと汗を拭う。

「一体いつから見てたんです？」

「少し前から」

「言ってくれればよかったのに」

「熱心に鍛錬しているところを邪魔してしまっては、申し訳ないでしょう？　それに、訓練を眺めるのも意外と楽しいし」

「そうですか？　俺は見ていると自分もやりたくなりますが」

ダニエルならそうだろうなと思った。たとえば休憩中でも同僚が熱心に素振りをしていたら、すぐに参加しそうである。

「あ、そうだ。いい匂いがしてきていましたから、そろそろフーの朝食ができる頃合いだと思いますよ？」

「そう。ならもう着替えて、リビングへ行こうかしら」

「俺も、この汗を流したら向かいます。本当ならあと一時間は素振りをしようと思ってたんですが、匂いのせいで腹が鳴ったので」

続きはまた食後にするらしい彼に「はい、また後で」と言い、窓を閉めた。カーテンを引いてから寝間着を着替え、髪を軽くとかしてからリビングに向かう。

先程ダニエルが言っていた通り、リビングではちょうど出来立てのご飯をフーがテーブルに並べているところだった。

「おはようございます、お嬢様。今呼びに行こうと思っていたところでした」

相変わらずポーカーフェイスなフーに、私は微笑を浮かべながら「おはよう」と言葉を返す。席につけば食卓には既に、パンと目玉焼き、焼いたベーコンとサラダが三セット置かれていた。

貴族の食事と比べると随分と質素ではあるものの、実は私は貴族の食事より、こちらの方が好きだったりする。

「素材の味を活かした料理って、胃にも味覚にも優しくて、朝食では特に嬉しいのよね」

「単に調味料や油が高いから平民には多用できない、というだけですけどね」

フーは「平民たちは、別に望んでこういう食生活を送っている訳ではないのですよ」と言うけど、薄味が体にいい事には変わりない。

最後に持ってこられた野菜スープも、おそらく昨晩の残りの食材を使って作ったものなのだろうけど、十分美味《おい》しそうである。

朝食の準備が終わり、フーも食卓の一角に座る。そこに水浴びを終えたダニエルも加わり、三人仲良く朝食タイムだ。

「本日は、三人ともお勉強に来られる日ですよね？」

「ええ。シーラさんは体調次第でしょうけど、リズリーさんは今日はお店が定休日だしね」

「シーラさんが加わって、もう二ヶ月程でしょうか。楽しそうに参加してくれていて何よりですね。段々と体が慣れてきたのか、最近は出席率もいいように思いますし」

「『病は気から』という言葉があるわ。彼女の体調が安定してきたのは、もしかしたら精神的な要因もあったのかもしれないわね」

そんなふうに言いながら、パンを手に取りゆっくりと一口大にちぎる。

市井《しせい》でパンと言えば、フランスパンくらいの硬さのものが丸々一個、お皿に載って出てくるのが普通だ。貴族の食事のように切った状態では出てこないので、手でちぎって食べる必要がある。

屋敷で食べていたものと比べるとパサつきが目立つのが難点だけど、味自体は素朴な塩味で結構美味しい。欲を言うなら、バターなどがあるともう少し食べやすくなるくらいか。

「シーラさんってあの淑《しと》やかそうな人ですよね？　姦《かしま》しいあの空間に馴染《なじ》むの、ちょっと大変そうだけど」

ダニエルが、パンにガブッと噛《かぶ》り付きながら言う。

姦しいとは、うまく言葉を選んだものだ。そう思えば笑いがこみ上げてくる一方で、彼の懸念も分からなくはない。

私も最初は彼女がうまくあの場に馴染めるか、ちょっと気になっていた。しかしそれは杞憂《きゆう》だった。

「たしかに自分から話題を振る事は少ないけど、流石は長年ロナさんの幼馴染をやっているだけの事はあって、二人のいい聞き役になってくれているわ。むしろ彼女が入ったお陰で、場のバランスが取れたかもしれないわね」

冗談めかしてそう言うと、彼は「ははっ、なるほど」と楽しげに笑う。

一方フーは、シーラさんの刺繍《ししゅう》の上達具合に目を留めたようだ。

「シーラさん、腕をメキメキと上げていますし、あそこまで上達が早いとなると、お嬢様としても教え甲斐《がい》があるのでは？」

「上達具合云々《うんぬん》よりも、やる気のある方に教えるのはとても楽しいわ」

ロナさんの時もそうだったけど、シーラさんも、とても熱心に話を聞いてくれている。そういう相手には、こちらも自然と指導に力が入る。それに。

「おそらく家でも時間を見つけて練習しているのだと思うわ。きちんと『やった分だけ成果が出ている』という感じがするもの」

ハンドメイド制作は簿記とは違い、最終的には体の感覚で技術を習得する必要がある。だから反復練習をすればするほど、成果は出やすい。

「……お嬢様が楽しそうでよかったです」

ふいにフーにそう言われ、私は思わずキョトンとしてしまった。

珍しく口元だけではなく目も笑っている彼女からは、たしかな嬉しさが滲《にじ》んでいて。

「私、そんなに楽しそうかしら」

「はい。少なくとも、王城にいた時よりはずっと」

「まぁ、たしかに笑顔は増えたかな」

フーの評価にダニエルも追従した。二人がそう言うのなら、きっと気のせいではないのだろう。

二人からそんなふうに見えていたとは。正直に言って、少し驚いた。

「たしかに王城にいた時は、仕事への義務感と達成感で動いていたから、あまり楽しいという感覚はなかったような気はするけど」

「多忙な上に、頑張りすぎていたのですよ。それが今は、自然体で楽しそうに見えます」

まったく意識はしていなかったけど、そう言われると自分の力と自分のペースで充実した日々が送れているのは、間違いなく今の方だと思う。

そんな日々を今の私が送れているのは、間違いなく周りのサポートがあればこそだ。

「私の我儘《わがまま》についてきてくれた二人には、いつも感謝しているわ」

前々からずっと思っていた事を、改めて口にした。

するとフーがシレッとした顔で「お嬢様が見た目に反して意外と平気で無理をしたり常識外れな事をするのは、私が一番よく知っていますから」と言い、ダニエルが「感謝なんて、そんな」と少しくすぐったそうな顔になる。

特にダニエルは、真正面から感謝を伝えられたのがよほど想定外だったのか、目を泳がせて必死に何かを探すようなそぶりをした後で「あっ」と小さく声を上げた。

「そういえば、フー。作るって言ってたキイチゴのケーキは？」

「作ってあるわよ」

思い出した様子のダニエルに、フーはそう応じ席を立つ。

そういえば昨日、彼女が「ご近所からたくさんいただきました」と言って、籠いっぱいのキイチゴを見せてくれていた。その時彼はいなかったけど、個別でそういう話をしたのだろう。

既に食事は終えていた。ダニエルが食器を重ねて少しスペースを空けると、ちょうどフーがキッチンから戻ってくる。

彼女が持ってきた大皿の上には、キイチゴをふんだんに使ったスポンジケーキが載っていた。

フーは美味しい紅茶を淹《い》れるけど、お菓子を作るのもうまい。素朴な見た目のそのケーキも、かなり期待大だ。

そしてきっとそう思ったのは、私だけではなかったのだろう。ダニエルは分かりやすくテンションを上げて、目を煌《きら》めかせている。

彼は甘いものに目がない。そういう反応になるのも分かる……のだが。

「おー！　流石はフー。いい嫁になるぜ!!」

「お世辞を言っても取り分は増えませんよ」

「そこをなんとか！」

「六等分に切って、二日に分けて一日一つ」

「えー？」

懇願するダニエルに、スンとした顔で二つ目はおあずけの姿勢を崩さないフー。相変わらず仲がいいなぁなんて思っていると、フーの頬がほんのりと紅潮している事に気がついた。

以前まではなかった反応だ。もしかして、ダニエルの今の「いい嫁」発言は、フーにとっては満更でもない……？

「二人はもう、恋仲になったの？」

手際よく食後の紅茶を淹れていたフーの手元で、カチャンという音が鳴った。

どうやらティーポットの口の部分を、カップに当ててしまったらしい。普段からそつのない彼女にしては、かなり珍しい失敗だ。

対して紅茶を待ちきれず既に今日のケーキを食べ始めていたダニエルに至っては、どうやら喉に詰まらせたようである。「ぐっ、ごふっ」と盛大にむせた彼は、慌てて胸をドンドンと叩《たた》く。

二人とも、分かりやすく動揺していた。これはどちらへの動揺だろう。傍《はた》から見れば、もう十分に恋仲になっていてもおかしくない距離感だと思うのだけど。

「へ、変な事を言わないでください、お嬢様」

否定したのはフーの方だ。ダニエルはまだ、ゴホゴホと咳《せ》き込んでいる。

「そんなに慌てなくっても、私は二人が特別親密になっても応援するわよ？」

もちろん一つ屋根の下で暮らすのだし、一定の節度は守ってほしいけど、それさえ問題なければ、あとは個人の事である。それ以上の野暮《やぼ》を言うつもりはない。

「まだそんなのじゃありませんから」

「ふぅん、まだね」

「あっ」

普段通りを装っているけど、やはり動揺していたのだろう。思わず指摘すると、フーは両手で口を押さえた。しかしもう遅い。

分かりやすく狼狽《うろた》えた彼女が珍しく、可愛《かわい》らしくもあって、小さな加虐心が首をもたげてくる。

しかしここで揶揄《からか》い混じりの私の追撃を制する声がかけられた。

「アリス様、あまり揶揄わないでください。まだ口説いてる途中なのに、今以上に頑《かたく》なになられたら、俺の打つ手がまた減っちゃうんで」

「ダニエル！」

彼がそう言った瞬間、フーが「余計な事を言うな」と言わんばかりに、ダニエルをキッと睨《にら》みつけた。そんな二人の関係性が、私にはとても微笑《ほほえ》ましく思えて。

「ふふっ、ごめんなさい」

謝りながらも、思わず笑い声が出てしまう。

発展途上だというのなら、私は二人の幸せな未来を、主人としても友人としても、温かい目で見守っていよう。そう思ったのだった。

◆◆◆

今日も井戸端勉強会は、楽しく姦しく行われている。

「できたー！」

「負けたわぁ」

いち早く計算を解き終わったらしいリズリーさんに、ロナさんが悔しげな声を上げた。

二人の計算早解き競争は、最早《もはや》日常の光景だ。自然と始まったこの戦いは、二人のモチベーションだけではなく、解答速度や点数を上げるのに大いに役に立っている。

やはり何事においても、切磋琢磨《せっさたくま》できる相手というのは大切だ。

「では丸付けをしておきます。リズリーさんは少し休憩で」

「やったー!!」

「ロナさんももう少し。頑張ってください」

「うん」

彼女たちとそんなやり取りをしていると、どこからともなく紅茶のいい香りが漂ってくる。

先程フーが、静かに席を立っていた。おそらく二人が問題を解き終えそうなのを見計らって、休憩の準備に立ったのだろう。

先生役でも生徒役でもないフーは、私やロナさんたちのサポートに余念がない。

彼女たちが来る前に毎回算数問題を作るのだけど、フーは私が作ったものを横から写して複製してくれたり、彼女たちが来ている時間は、家事の傍《かたわ》らでこうして休憩の時間を見計らい、ちょうどいいところで紅茶を淹れてくれている。

彼女の細やかな気遣いとフーが淹れてくれる美味しい紅茶が、この集まりのやる気を底上げしていると言っても差し支えないだろう。

――よし、私もフーが紅茶を淹れ終わる前に、リズリーさんの分だけでも丸付けを終えてしまおう。そう自分で目標を立て、集中して丸付けをしていく。

「……よし。終わりましたよ、リズリーさん。八十二点です。最近は、正解率が安定してきましたね」

「昨日より点数上がってるー？」

「そうですね、一問分」

「やったー!!」

リズリーさんが両手を上げて、昨日からの進歩に「わーい」と喜ぶ。

百点満点中、八十二点。中々に高得点である。

「休憩が終わったらで構いません、間違っていたところはもう一度解いてみてくださいね」

「はーい」

「ふーっ、終わったわぁ」

リズリーさんの隣で、ロナさんが両手を伸ばして突っ伏した。頬を机につけてダラーンと脱力する彼女にも「お疲れ様です」と声をかけて、私は三人目に目を向けた。

「シーラさんも、一旦休憩しましょう。ちょうど飲み物の準備が整ったようですし」

「はい」

スッと私の隣にやってきたフーが、テーブルにティーカップを並べる。

ここで勉強は一休み。井戸端ティータイムの始まりだ。

「ねぇそういえば、知ってる？　この町に来た領主様の話」

休憩に入って最初の話題を提供したのは、ロナさんだ。

私は、心から「紅茶を口に含む前でよかった」と思った。

なんせ『この町に来た領主』といえば、私以外の何者でもないのだ。咳き込まずに済んだ自分の忍耐を、私は人知れず称賛する。

「たしかアレでしょ？　未来の王妃様だっていうー」

「すごい人、なんですよね？」

シーラさんの言葉に、ロナさんが空をペチンと叩きながら「そりゃぁそうでしょ、王妃様になるくらいなんだからぁ」と笑う。

自分の噂話《うわさばなし》をこんなにもすぐ目の前でされるなんて、流石に初めての経験だ。全身の毛穴という毛穴から、変な汗が出て止まらない。

しかしそんな私の内心を、もちろん彼女たちが知る筈《はず》もなく。

「優雅で綺麗で聖人君子だっていう噂よねぇ」

「つつましやかで聡明《そうめい》だっていう話も聞いた事あるわー、私」

「そんな方、一度でいいから見てみたいですね」

「そう簡単に見れる訳ないでしょー、平民街にコッソリと住んででもいない限り」

冗談めかして笑い合う三人は、とても楽しげだった。ただ一人、気が気じゃない私は気を紛らわせるために、ティーカップに口を付けて口内を湿らせる。

フーの紅茶の味が分からないのは、人生で初めてかもしれない。まったく疑われていないようなのがせめてもの救いなこの状況で、フーがチラリとこちらを見てくるのが、ものすごく居た堪《たま》れない。

「そ、そういえばロナさん。シーラさんの刺繍が入った小物の売れ行きは、いかがですか？」

無理やりに話題提供をすれば、リズリーさんも気になっていたのだろう。「そうだー、どんな感じ？」と援護射撃をしてくれる。

「売れ行きいいわよぉ！　お陰でうちの売上も、右肩上がり。このままいけば来月末あたりには不調前の状態まで売上が戻るって、ちょうど昨日旦那と話してたところ」

ニッと笑ったロナさんに、私はホッと頬を綻ばせる。

シーラさんが今作っているのは、リボン刺繍入りのハンカチと巾着の二品。デザインは、比較的簡単で見栄えもする、バラがワンポイント刺繍されたものだ。

布自体は、市井の方たちが普段使いする品質のもの。本物のリボンは高値なので、色付きの端切れをリボン状に切って使っている。

そのお陰で、作り手にとっても買い手にとっても、お財布に優しい価格帯だ。

商品を店頭に並べ始めたのが約一ヶ月前だから、お客さんたちに商品の評判が広まる時間を考慮すると、かなり順調に売れている方なのではないだろうか。

しかしこの結果を出せたのは、おそらく純粋な商品の質と適正な価格での販売のお陰だけではない。

「ちょうど店内の商品配置を変えたから、相乗効果が出てるのかもって、旦那が言ってたわぁ」

「あー、そういえば『お店のレイアウトを変えてみる』って言ってたねー。たしか、商品の配置を変えたんだっけー？」

「うん。アリスに『新しい商品の入荷開拓は旦那に任せて、私は主力商品がなくなってしまってなんだかパッとしなくなっちゃった店内の感じをどうにかしたいと思ってる』っていう話をしたら、色々とアドバイスをくれてねぇ」

ロナさんがその話をしてきたのは、たしか旦那さんと話し合いをしたと聞いた、わりとすぐ後の事だった。

彼女がやる気顔で「ちゃんと納得に足る意見なら旦那が聞いてくれるって分かったし、私は私にできる事をやりたいと思って」と言ってくれて嬉しくなったのを、とてもよく覚えている。

「それって、具体的には何をやったのー？」

「ふっふっふー、それはねぇ……まずは考え方を変えたの！」

「考え方をー？」

自信満々に発表したロナさんに、リズリーさんは首を傾《かし》げる。

おそらくピンと来なかったのだろう。シーラさんも不思議そうな顔をしている。

「そう。今までは『店に入った人に、すぐに売れ筋を見つけてもらえるように』って考えて商品を置いてたんだけど、アリスに『その配置じゃあもしかしたら、お客さんを呼び込むのに損してるかもしれない』って言われてねぇ。それで、『外の人が入ってきやすくなるように』『なるべく長く店内にいてもらえるように』っていう感じに、考えを変えて商品の配置を見直す事にしたのよぉ」

人差し指を立てて自慢げに解説するロナさんの横で、私は微笑混じりに詳しく思い出す。

元々ロナさんの旦那さんのお店には『主力商品自体の売上がゴッソリなくなった事』と、『それに伴って客足が遠のき、ついでに買われていた他の商品の売上も減っていた事』という二つの問題点があった。

今でこそシーラさんの作ったものが店の主力商品になりそうな目処《めど》が立ったけど、相談当初はまだ、シーラさんも裁縫の練習を始めたばかり。元々の主力商品を再入荷できる予定もなく、元々の商品配置のコンセプトに反して、目立たせるべき商品がなかった。

だから先に、『主力商品がなくても、ついでに買われいてた他の商品が売れるようになる商品配置』を目指してみたのだ。それが、先程ロナさんが言っていた「『外の人が入ってきやすくなるように』と『なるべく長く店内にいてもらえるように』を意識した配置」だったのである。

「たとえば窓があるところに、お客さんが買う時にちょっと悩んで立ち止まったりするものを置いておけば、外からは『いつもお客さんが入っている店だなぁ』って思ってもらえるでしょ？」

「それってつまり、繁盛してるお店に見えるっていう事ー？」

「そうそう、そんな感じ。それで『この店、何がそんなに人気なんだろう』って思った人が入ってきてくれたら、もうこっちの勝ちよ！　シーラの作った刺繍小物は、見れば絶対に欲しくなるんだからぁ！」

ロナさんの言い分にリズリーさんが「なるほどねー」と感心したような声を上げる。

すべては前世の社会人時代に、仕事の日の昼休みに何となく読んでいたＷｅｂ記事の記憶があればこそだ。

曰《いわ》く、「コンビニレイアウトは、外から人を呼び込み店内での滞在時間を延ばす力がある。それによって、店舗の売上を上げている」。私はそこで得た知識に倣い、彼女に少し助言をしたのだ。

「たしかに、繁盛しているとかじゃなくても、お客さんが他にもいるお店ってそれだけでちょっと入りやすいかも。シンとした店内でお店の人と二人きりって、私はちょっと居心地が悪いから」

誰かが店内にいると分かっている方が、入りやすい。そう言葉を続けたシーラさんに、ロナさんは感心の声を上げる。

「すごいわねぇ、シーラ！　私はアリスに言われるまで、そこにはまったく気付かなかったわぁ」

たしかにこういう考えは、ロナさんやリズリーさんのような社交性が高い方たちには、気がつきにくいところかもしれない。

ちなみに件《くだん》の記事には「コンビニは、少しでもお客さんが気軽に店内に入ってきやすいようにするために、どこも道路や駐車場側に面した壁を店内が見えるガラス張りにし、コンビニで最も滞在時間が長い『立ち読みしている人』が外から見えるように、雑誌のラックは絶対にガラス張りの壁に面した場所に置いている」と書いてあった。

それを読んで「たしかにそうだ」と思った一方、「意外ときちんと考えてあの配置になっていたんだな」と思った記憶がある。

他にもコンビニレイアウトには様々な工夫があるのだけど、それらをロナさんの旦那さんのお店で使うにはどうすればいいか、ロナさんと二人で話しながら、取り入れられるところはどんどん取り入れてみるという感じで実践している。

「シーラの作ったものを店に迎える前に、第一弾の配置改装が終わってよかったわぁ。あれだけ丹精込めて作ってるのを、すぐ近くで見てたんだものぉ。せっかくなら最大限売りたいしねぇ！」

「そんなふうに思ってもらえるなんて、光栄です」

「シーラさんの地道な技術習得と、売り方を工夫したロナさん。今回は、どちらが欠けても実現し得ない成功を収められましたね」

私がそう言うと、二人は照れたように笑う。

今を改善する事を諦め、妥協してしまっていたロナさん。自身に自信を持つ事ができなかったシーラさん。この二人が今自分のできる事をして無事に成果を出したのは、私としても感慨深い。

「それもこれも、アリスがいてこそよぉ」

「そんな事」

「あるわよぉ。店が上向きだから、うちの旦那も最近は毎日のように、ホクホク顔で『アリス先生には頭が上がらんな』って、言ってるんだからぁ」

「実はうちも、『最近のシーラは楽しそうで嬉しいよ』って言ってくれていて」

「うちの旦那は差し入れのお菓子を作ってたら、最近よく隣に来て手伝ってくれるわー。口じゃ言わないけど『お世話になっている相手に美味しいものを食べてもらいたい』って、思ってるんだと思うー」

そんなのこちらこそ彼女たちのお陰で、自分で頑張ってばかりだった今までは、決して味わえなかっただろう『他者が出した成果に、達成感と充実感を抱く』という、とてもいい経験をさせてもらっている。

私だって、決して一方的な利を彼女たちに与えている訳ではない。純粋に私の行いが彼女たちのためになっている事は嬉しいけど、実は彼女たちがする「旦那さんの話」を聞く事が、私の最近の密《ひそ》かな楽しみになっている。

よく衝突するけど、すぐ仲直りするロナさん夫婦。ロナさん夫婦と同年に結婚したらしいのに、未《いま》だに初々しさと照れが垣間《かいま》見《み》える、仲睦まじいシーラさん夫婦。そして、無口な旦那さんを持ちながら、言葉がなくとも心で通じ合っているなと思わせてくれるリズリーさん夫婦。彼女たちの話を聞く度に幸せをお裾分けしてもらっているような気持ちになるのだ。

「皆さんの旦那さんたちとも、一度お会いしてみたいですね」

そんな言葉が口からポロリと零《こぼ》れたのは、彼女たちの話を聞いているうちに、話した事もない彼らを、妙に身近に感じるようになっていたからかもしれない。

ただ、本音ではあったけど、ただの思いつきでもあった。それ程深く考えて言った訳ではなかったから、ニュアンスとしては「いつかそんな場が持てたら楽しいだろうなぁ」というのに近かった。

そういう場が実現できたとしても、それは本当に「いつか」の話だと思っていた。

実際にそうなっていただろう。この呟きを聞いたのが彼女たちでさえなければ。

「それいいわねぇ！　うちの旦那は店閉めたら暇だし、リズリーのところで皆で晩ご飯なんてどう？」

「面白そうだし、うちはいつでも大歓迎よー！」

まずロナさんが、持ち前のフットワークの軽さを発揮した。それに楽しい事好きのリズリーさんがすぐさま乗る。

シーラさんはそれ程ではない……と思っていたのだけど。

「うちの旦那も今日は朝番だから、夕方には帰ってくると思います。私も今日は調子いいですし」

「えっ？」

顎に手を当て真面目《まじめ》顔で吟味し始めたシーラさんに、思わず驚きの声が漏れた。

しかしそんな私を置き去りに、彼女たちの話は止まらない。

「ちょうど『毎回アリスの所にお邪魔してて、ちょっと申し訳ないなー』って思ってたところだったしねー」

「アリスとはもちろん、フーやダニエルさんとも膝をつき合わせて話をしてみたいと思ってたのよねぇ」

「いいですね、私ももっと三人と仲良くなりたいです！」

スピーディーに話を進める二人に、シーラさんの心底嬉しそうな声が追従する。

ここまでウキウキしている彼女は、もしかしたら初めて見たかもしれない。ここまで喜ばれてしまったら、なんかもう今更断れない。

断らなければならない理由があれば、話は別だけど。

「行きましょう、お嬢様」

「フー……」

今晩外せない予定がある訳ではない。となれば私が気にすべきは、あとの二人の予定を勝手に決めてしまう事だったけど。

「私もたまには夕食の準備をサボれて嬉しいですし、ダニエルなんて美味しいものが食べられればそれだけでもう幸せを感じられる単純な生き物です」

ダニエルに対する言葉が若干ひどいのは、いつも通りだとして。

「今日の夕飯当番は、私だったと思うけど」

「そうでしたね。お陰で一日サボれますよ」

相変わらずのポーカーフェイスでシレッとそう言い直した彼女を見るに、彼女も行きたいという事なのだろう。

そうなれば、もう断る理由はない。

「じゃぁ私たち三人で、行かせていただいてよろしいでしょうか？」

「もちろんよぉ！」

「楽しみねー！　フーはともかくダニエルさんとか、会っても挨拶程度しかしないしー」

「あ、私もです。いつ見ても忙しそうな方だなという印象です」

何やらまだ知らぬダニエルに、三人が色めき立ちはじめる。

ダニエルは、私やフーよりは年上だけど、目の前の三人よりは年下だ。もしかしたら自分より若い独身男性に、少々はしゃいでいるのかもしれない。

「アレはただ、ジッとしてるのが苦手なだけですよ」

フーが、いつもの毒舌でダニエルを刺した。そんな彼女を見て、私はわざとらしく咳払《せきばら》いをする。

「三人とも、ダニエルに興味を持つのは構いませんが、あまり誘惑してあげないでくださいね？彼には心に決めた子がいて、今正にその心を射止めるために奮闘中らしいですから」

そう言いながら、視線をスッと横へと流すのを忘れない。

その先にいるのは、もちろんフー。三人はそんな私の視線を目で追って。

「へぇー……」

訳知り顔で声をハモらせた三人に、フーの頬がほんのりと赤くなる。

「お嬢様っ」

彼女の抗議は聞こえない。私の耳はとても都合がいい。

一同から生ぬるい目を向けられたフーは、珍しく言い返す言葉に詰まっていた。楽しくなってフフッと笑えば、これまた珍しい事に、彼女は少し口を尖《とが》らせたのだった。

◆◆◆

夜。私はフーとダニエルを連れて、リズリーさん夫婦が切り盛りしている店『ウェルデンテの食堂』の戸を開けた。

店内の席は、既に半分以上お客さんで埋まっていた。時間的には、仕事をしていた方たちが、まだこれから増える頃合いだろう。結構繁盛しているようで何よりだ。

「あ、いらっしゃーい！　もう二人とも来てるよ。一番奥の席ー」

テキパキと動き回っていたリズリーさんが、私たちの来店にいち早く気がついて、そう声をかけてくれる。

軽く手を上げてそれに応えれば、彼女は仕事に戻っていった。示された席に足を向ける途中、あるお客さんが壁を指さして『これは何だ』と店員に聞いている姿が目に留まった。

壁に貼られているものに、見覚えがある。以前うちで彼女が描いていた、人気料理のポスターだ。対応していた店員が「これは『冷製ポトフ』と書かれていて、うちの人気メニューなんですよ。コショウと薬草を使っていて――」と料理の説明をしているのが聞こえた。

納得半分感心半分でポスターを見ているお客さんに、心の中で密かに「その文字、是非少しでも記憶に留めて帰ってくださいね」と囁《ささや》きながら、私は店の奥へと向かう。

リズリーさんの言う通り、お店の一番奥の席には既に見知った顔があった。

「すみません、お待たせしてしまったでしょうか」

「やぁねぇ、そんなに待ってないわよぉ。それに私たちはほら、話してるだけで幾らでも暇を潰せちゃうからぁ」

ロナさんがケタケタと笑いながら、空をペチンと叩くアクションをする。隣で四角い顔の男性が「お前なぁ」と呆《あき》れた声を上げ、向かいではシーラさんがクスクスと笑い、その隣の精悍《せいかん》な顔立ちの男性はそんな彼女を楽しげに見ている。

そんな彼らの席に、私たちもお邪魔した。改めて席を見回して、はじめましての二人にはきちんと挨拶を述べておく。

「こんばんは。ロナさんとシーラさんには、いつもとてもよくしていただいています、アリスと申します。こちらは同居人のフーとダニエル」

「お嬢様がいつもお世話になっております」

「アリス様がここで楽しくやれてるのは、リズリーさんも含めた三人のお陰です」

「えっ、あぁいえそんな、とんでもない」

私に続いてフーとダニエルが挨拶がてらそう頭を下げたところで、シーラさんがアワアワとしながら首を横にブンブンと振った。

一方、目を丸くした後恐縮したのは、ロナさんの隣の男性だ。

「むしろ世話になってるのはこちらだろう。ロナはもちろん、間接的に俺まで……。ロナの夫でグラッツと言います。本当はもっと早くに感謝を伝えたかったんだが、遅くなって」

「いえいえそんな」

グラッツさんは、おそらくロナさんと同年代だろう。記憶にあるロナさんの旦那さんの店の店員と同じ顔だ。

しかし、ロナさんは彼をしきりに「頑固だ」と表現していたけど、テーブルに両手をダンッとついて額をこすりつけるようにして頭を下げている目の前の彼からは、あまりそういう印象を受けない。

「顔を上げてください。私はただ少しお手伝いをしただけ。実際に頑張ったのはロナさんであり、成果を出しつつあるのはお二人の頑張りあってこそですから」

落ち着いて思っていた事をそのまま伝えると、彼はもしかしたら「あまり頭を下げていても却《かえ》って迷惑になる」と思ったのかもしれない。すぐに顔を上げてくれ、私はちょっと安心する。

しかし。

「あの、私の顔に何かついていますか……？」

顔を上げた彼が何故《なぜ》か私の顔に釘付《くぎづ》けになっていたので、思わずそう尋ねてしまった。ハッとした彼は「いやぁ」と言いながら、少しバツが悪そうに頭を掻《か》く。

「噂はかねがね聞いていたんだが、まさかこんなに若くて綺麗なお嬢さんだとは思っていなくて」

「こらアンタ！　なぁにアリスに見惚《みと》れてるのよぉ！　アリスが迷惑するでしょうがっ」

「アイタタタ!!　別にそんな目で見てないだろう！」

すかさず耳を引っ張られて、グラッツさんが悲鳴を上げる。すぐに解放されたけど、耳をさすりながら小さく口を尖らせる彼は、うっすらと涙目になっていた。

少し過激に見えるけど、二人の様子を見る限り、こういうやり取りは二人の間ではきっと日常茶飯事なのだろう。快活なロナさんと、物怖《ものお》じせずに反論できるグラッツさん。何だかとてもお似合いだ。

そう思って見ていると、コチラの視線に気がついたのだろう。グラッツさんが恥ずかしそうにゴホンと咳払いをした。

「し、しかし本当に、あんな事まで教えてもらって問題なかったのか……？」

「あんな事？」

何の事だろうと首を傾げる。

「赤字経営にならないためのアプローチと、あのグラフとかいうもの。それに、ロナが話していた内容と、あの帳簿のつけ方も。少なくとも俺には、見た事も聞いた事もないものが多かった。貴女の実家独自のものだろう？　その、門外不出の内容を俺たちみたいなのに漏らして、大丈夫だったのかって……」

そこまで言われて、やっと理解した。

彼は私がどこぞの大商会の娘だと思っていて、教えたのはその商会の知識だと思っているのだろう。だから彼はありがたく思う一方で、私が外部にその情報を漏らして怒られたりはしないのだろうかと心配してくれているのだろう。

しかしそれは杞憂である。

「問題ありません。あの知識は、別に門外不出の知識という訳ではないのです」

問題解決のためのアプローチもグラフも、出処《でどころ》は前世の知識を土台にしたものだし、領地経営・国家運営に関する資料作成時にも使われている。誰かに教えたところで、誰かに迷惑がかかる訳でもない。

私の答えを聞いた彼は、安堵《あんど》の表情を浮かべながら「そうか」とため息をついた。

よほど気にしていたらしい。目に見えてホッとした彼に、優しい方なのだなと思う。

と、今度はシーラさんの隣の男性が、朗らかな表情で口を開いた。

「アリス先生、俺からもお礼を言わせてください。シーラが最近、本当に楽しそうなんです。それは間違いなく先生のお陰です」

「いえそんな。えっと、シーラさんの旦那さんですよね？」

「あぁはい、申し遅れました。シーラの夫でレインバードと言います」

ピシリと姿勢を正した彼は、まっすぐ私の目を見て言った。

その姿にどこか既視感を覚えたのは、きっと気のせいなどではない。心当たりにチラリと目をやれば、おそらくダニエルも感づいているのだろう。少しソワつき始めている。

「実は初めてシーラから『ロナさんに紹介されて刺繍を教えてもらう事になった』と聞いた時は、少し心配していました。シーラは体が弱い事もあって、あまり外との交流は多くない。俺自身、幼馴染のロナさん以外と話しているところはあまり見かけた事がなかったものですから、身体的にも精神的にもうまくやれるのだろうか、と」

彼の懸念は尤《もっと》もだ。シーラさんの事を大切に思っているのなら、尚《なお》の事心配だっただろう。

「しかしそれは杞憂でした。最近のシーラは体調を崩す事も減って、家でもしきりに『アリス先生が』って、楽しそうに話してくれるんです。それはもう、少し嫉妬してしまうくらいに」

そう言って苦笑したレインバードさんに、私も思わずクスリと笑う。

「そうなのですか？　それは実に光栄なお話です」

「もう、レイン！　それは秘密にしてって！」

「あぁごめんごめん、君があまりにも楽しそうにしてるから、俺もちょっと嬉しくてつい」

怒ったシーラさんが、レインバードさんの胸元をグーでポカポカと叩く。それをまったくのノーダメージで受け入れている彼は、謝りながらも楽しそうだ。

微笑ましくその様子を眺めていると、おそらく耐えきれなくなったのだろう。先程からずっとウズウズしていたダニエルが、ついに「あの」と口を開いた。

「レインバードさんは、何のお仕事を？」

「あぁ、この町の憲兵業を少々」

まるでお見合いのようなやり取りを経て、ダニエルが「やっぱり！」と表情を華やがせる。

「その体の鍛え方、戦闘職なんじゃないかなって、さっきからずっと思ってたんだ！」

「という事は、やはり貴方《あなた》も？」

「ええ、アリス様の私兵のようなものでして！」

やはりという言葉が出てくる辺り、どうやら相手もダニエルと同じ疑問を感じていたらしい。

どちらともなくガッチリと、二人が目の前で固い握手を交わし、すぐさま「いやぁ、普段の訓練メニューが〜」「筋肉が〜」などという職業トーク……と言っていいのかは少し微妙な話で、盛り上がる。

そんな二人を、温かい目で眺めるシーラさんと、呆れ気味なジト目で「この脳筋が……」と呟いたフーとの対比がものすごい。

そんな私たちのもとに「おまたせー」という元気な声が割り込んできた。

「ジャンジャン食べてねー！」

「おぉ、美味しそう」

「食欲をそそるいい匂いですね」

両手どころか腕も駆使して一度に四皿もの大皿を持ってきたリズリーさんが、テキパキとテーブルに料理を並べていく。ダニエルは会話を中断しイソイソとフォークを握り、フーも微笑を浮かべながら料理を褒める。

ジャンジャンという言葉に相応《ふさわ》しく、出された料理はどれもてんこ盛りで、七人でも十分食べ応えがありそうだ。

「前に来た時は一人前の昼食を頼みましたが、こうして大皿料理をみんなで囲むというのも、また少し違った趣があっていいですね」

「あれ？　アリスって、うちに来てくれた事あったっけー？」

「えぇ。実はこの町に越してきてすぐの時に、一度」

「そういえばアリス、町中をあっちこっち見て回るのが好きだって前に言ってたけど、もしかして食堂もぉ？」

「えぇ、どのお店もそれぞれに特色があって、非常に興味深かったです」

クレーゼンに住む方たちの生活を肌で感じるためには、様々な場所に実際に足を運ぶのが一番いい。そう思っての訪問だったので、これでも一応町中のお店はすべてコンプリートしている。

「うちの料理はどれも美味しいわよー。なんて言ったって、うちの旦那が腕によりをかけて作ったからねー！」

誇らしげに笑いながらそう言った彼女は、クルリと後ろを振り返ると口元に手を添え、厨房《ちゅうぼう》に向かって「センさーん！」と呼んだ。

すると一拍時を置いて、厨房の奥からのっそりと白いコック服姿の男性が出てくる。

背が高く猫背で釣り目の彼が、おそらくリズリーさんの旦那さんなのだろう。こちらに小さく黙礼すると、彼はそそくさと奥に引っ込んでしまった。

リズリーさんが「ごめんねぇ、あの人ちょっと人見知りで」と苦笑するけど、なにも謝る事はない。

「いえ、一つの事を突き詰めている方には、寡黙な方が多いですから。素敵な事だと思いますよ？」

ニコリと微笑んで答えると、彼女は顔に喜色を浮かべながら再び厨房へと振り返った。厨房の中にいる彼にも聞こえるように、声を張る。

「センさーん、アリスがセンさんの事、素敵だってーっ!!」

ガタガタガタンッ。

手を滑らせでもしたのだろうか。奥から何かが落ちたような、大きな音が聞こえてきた。

あまりの音に、思わずみんなで顔を見合わせる。誰からともなく思わず笑い出したのは、彼の見た目と反応に、大きなギャップがあったからだ。

「ふふふっ、センさんは少し、意外性のある方なのですね」

「ふふん、照れ屋でもあるのよ。可愛いでしょ」

私から言わせれば誇らしげなリズリーさんも、十分可愛らしい。

そんなやり取りを経て、私たちは歓談しながら料理を楽しんだ。

リズリーさんも、どうやら少し接客が落ち着いたようで、少しの間はこの席にいられるようである。

色々な話をした。日常生活の他愛《たわい》もないあれこれや、休日の過ごし方、勉強の話。またもやダニエルとレインバードさんが筋肉話で盛り上がってフーに窘《たしな》められたり、町のお勧めスポットの話をしたりもした。

そんな中、リズリーさんが「あ、ところでさー」と話を振ってくる。

「アリスって、私たちに色んな事を教えてくれてる訳だけど、他の人にも教える気とかってあるのー？」

「何故です？」

「実は前にさ、『ポスター』を教えてもらったでしょー？ 最近よくお客さんと、それが話のタネになるのよー。で、成り行きで『アリスにやるといいよって教えてもらった』っていう話をしたんだけど、そしたら『私もなんかそういう新しい事とか習ってみたい』って言ってる人がいてー」

なるほど、そんな事があったのか。そんなふうに思っていると、ロナさんも「はいはぁい」と手を上げてくる。

「私も聞かれたわぁ。『最近旦那の店の景気、いいみたいだけどどうしたの？』って。それで『アリスのお陰だ』みたいな話をしたら、とっても羨ましがられちゃってぇ」

「あの、実はうちも、娘が刺繍に興味を持ってて。私が教えてもいいんですけど、娘が『私も先生に習うーっ』って言って、最近聞かなくて……」

「あぁ、たしかシーラのところの娘さんって、今年五歳だったっけぇ？」

「じゃあ今ちょうど、母親の真似《まね》をしたい盛りだー」

三人とも、最近のあるあるみたいな感じで盛り上がり始める。

一方私は、意外にも自分から何かを学びたいと思っている方が多い事に驚いていた。

市井ではあまり知識供与が一般的ではないと聞いていたから、こういう事にも積極的な方は少ないだろうと勝手に思い込んでいたのだ。

しかし。

「アリスがもしちょっとでも他の人に教えてもいいって思うんなら、きちんと看板を掲げた方が喜ぶ人って多いと思うのよー」

そう提案され、考える。

何分《なにぶん》「目の前で諦めようとしているロナさんの選択肢を増やすため」から始まった、この井戸端勉強会。元々多くの方に対して知識供与をする事を、目標にしていた訳ではない。

看板を掲げるという事は、きちんと生徒になる方たちに責任を持つという事だ。

今までも責任感がない訳ではなかったし、今の私が持ち得る最大限を彼女たちに向けてきたつもりではある。しかし、たとえば「忙しくなったから」などの理由で教えている途中で生徒たちを投げ出すような事はしないという、一種の覚悟が必要になるような気がする。

私はその覚悟を持てるのだろうか。

そう思った時に思い出したのは、やはり目の前にいる彼女たちのこれまでの姿だ。

ロナさんは、悩みを解決する術《すべ》を知らず、それ故に諦めてしまっていた。シーラさんは、生まれながらの虚弱体質のせいで、自分に失望してしまっていた。そんな彼女たちを救ったのは、きっと知識や技術である。

知識を身につける事は、将来の選択肢を増やす事。選択肢が一つ増えるだけで、人の未来は少し豊かになる。

それは前世で他者に依存し自分で何も決められなかった私が、誰よりも一番よく実感している。

他者に知識を身につける事を強要する事はできないけど、私はもう市井の方たちが知識を得るための場所を欲している事を知っていた。

市井の方たちのために、自分に何ができるのか。お祖父様《じいさま》がそうしたように、私も自分だけの答えを探してこのクレーゼンにやってきたけど。


知識供与をする事は、私が見つけた答えなのではないだろうか。

だとしたら、私にできる事は何か。その答えは、今目の前に転がっている。


「分かりました。皆さんの要望に答える事ができる環境を、作りましょう」

自分のための選択ではなく、与えられた役割に従った訳でもない。本当の、他者のために自分が行う選択。それを背負う決意をして、私は静かにそう告げた。

するとロナさんがパンッと手を叩く。

「よし！　決まりねぇ！　じゃあまずは、この集まりの正式名称を考えなくっちゃあ！」

「今より多くの人を集めるのなら、別の場所を用意するか、時間の工夫をする必要もありますよね」

「それよりも、まずは料金設定からでしょー。これまではご近所づきあいの延長線上でなぁなぁになっちゃってたけど、これから先生としてやっていくんなら、お金はきちんと貰わなきゃー」

冷静に場所の心配をするシーラさんと、報酬を貰う必要性があると言うリズリーさん。妻たちの言葉に旦那さんたちも、何やら「ふむ」と考えているようだ。

「あの、皆さん？　そんなに張り切らなくっても。たしかに場所については考える必要がありそうですが、名前は好きに呼んでいただければいいですし、今まで通り好きな時に来ていただければ。そもそもこれでお金を貰うつもりもなくて――」

「たしかに集まりの名前と場所の確保は、必要不可欠ですね」

「料金もな。きちんと報酬を貰うってのは、品質に一定の責任を持つっていう意思表示みたいなもんだ。よっぽど高い訳じゃなけりゃあ、人は十分集まるだろうしな」

「それよりまずは集まりの名前よぉ！　カッコいいのを付けないとぉ！」

あれやこれやとワイワイと、テーブルが俄《にわ》かに活気づく。当事者の私が置いてけぼりになっている事になんて、皆気がついていないようだ。

「生徒が増えるのなら尚の事、お休みの日は決めた方がいいと思います。放っておいたらアリスさん、『教えるだけならそれほど手間はかからないですから』なんて言って、休みなしにしてしまいそうですし」

「そうですね。たしかにシーラさんの言葉には一理あります。お嬢さまはいつも平気な顔で、無理を平然とこなしますから」

最後にはフーまで加わって、勝手に物事が決まっていく。

皆の勢いに半ば気圧《けお》されながら視線を少し泳がせれば、ダニエルとバチッと目が合った。

目で「どうにか皆を落ち着けてほしい」とお願いするも、彼はしっかり頷いて。

「増えた生徒たちの分の木紙の確保は、任せとけ！」

違う。いや、ありがたくはあるけど、そうじゃない。

新しい事が始まる予感に、周りは皆少しばかり浮足立っている。その光景を眺めながら、私はため息混じりに苦笑した。

「これから、忙しくなりそうですね……」

それでも私自身もまた、やりがいのある未来をもちろん楽しみにしている。

閑話　エストエッジの黒いたくらみ

減る事のない書類の山を前にして、私は一人深いため息をついた。

アリステリアと比較される事もなく、好きな相手とずっといられる。私が思い描いていたそんな夢は、今や木っ端みじんに打ち砕かれてしまっている。

原因がどこにあったのかといえば、偏《ひとえ》に私の思い描いた最善通りに、状況が推移しなかった事だろう。

最初は順調だったのだ。

父上に仕事の滞りを訴えて、人数不足を指摘して。すぐに用意できる人材としてサラディーナを指名した。

どうやら父上は私の口から報告を聞くまでもなく、私の執務室の状況を知っていたらしい。ため息混じりに「たしかに人員補充は必要だと思っていた。こちらでも動いていたのだが、あたりをつけた優秀な人材からは軒並み『アリステリア様を廃した人間の下では働きたくない』と言われたからな。自分で探してきたというなら、ちょうどいい。できるのならば、やってみなさい」と言ってきた。

わざわざ理由を言うなんて、まるで当てつけのようだ。一言余計だとは思ったが、実際に希望は叶《かな》うのだ。要らぬ反論をして、今の話をなしにされては敵《かな》わない。

だからちょっとした不満は秘めて、父上にはただ「ありがとうございます」とだけ言っておいた。

これで、すべてがうまくいくと思って、喜んだ。

しかし現実はここから下振れし続ける。

「ねぇエスト様？　これって私がやらなければならない事なのかしら」

サラディーナが初めてそう聞いてきたのは、彼女が俺の補佐についたその日の事だった。

思わず耳を疑った。しかし書類から顔を上げた先の彼女はまったく悪びれていない。つまらなそうに書類の角を指で弾《はじ》きながら、ツンと口を尖《とが》らせている。

「……サラディーナにも手伝わせてしまっている事は、私もすまないと思っている。しかしこれは私が王太子であるための仕事でもある。君も、私と会える時間が少ないと不満に思っていただろう？こうして時間を気にせず会えるようにしたのだから、少しだけでも手伝ってほしい」

「えー？　しかたがないですね……」

そう言って、彼女は親指と人差し指で、書類を一枚摘《つま》んで自らの目線の位置まで持ち上げる。

そんな彼女に表面上では苦笑しながらも、内心ではショックを受けていた。

彼女は王太子である私の頑張りや在り方を、いつだって肯定してくれて、ありのままを優しく包み込んでくれた人だった。そんな彼女だからこそ惹《ひ》かれた部分もあった。なのにこれでは。

そう思ったが、もしかしたら彼女も、急に書類仕事をやれと言われて気が動転しているのかもしれない。

そうだ。私でさえ面食らうような仕事量なのだ。彼女が最初からテキパキと片付けようものなら、それこそまたできすぎる婚約者に苦しめられる事になっていたかもしれない。

ならゆっくりでいいじゃないか。最初は少しずつでも、手伝ううちにできるようになっていく。

正式に父上に彼女を婚約者――正妃として認めてもらうためには必要なこの道のりを、二人で共に歩んでいければ。そんな夢を見れば、少々の忙しさにも耐えられる。

この時の私は、そんな言葉で自分を無理やりに納得させて、抱いた違和感には見て見ぬふりをした。


それが間違いだったと気がついたのは、それから少し経《た》った後だった。

アリステリアなら十分と掛けずに片付けていた書類に、彼女は二時間費やした。

初日に彼女が処理できた書類は、わずか六枚。それも、二日目には五枚、三日目には四枚と増えるどころか減っていき、ついに七日目には、執務室にさえ来なくなってしまった。

別に、私に会いたくない訳ではないらしい。その日以降、彼女からお茶会に誘う手紙が来るようになった。

手紙には、毎回「あまり根を詰めすぎていると疲れてしまうだろうから、今日くらいは休んで」という言葉が決まってそえられている。

私の体調を心配してくれている。やはりサラディーナは優しい女性だ。アリステリアはそんな事、言ってくれた事など一度もなかった。

しかし私の目の前には、片付けるべき書類の山がある。嬉《うれ》しいのと仕事を放り出して彼女のもとに通うのとではまた、話が違う。これまで積み上げてきた私の王太子像を保つためには、溜《た》まっている仕事を放置して彼女の招待に応じる事は、できなかった。


そんな事をやっているうちに、やがて彼女からの誘いもなくなった。

手紙の返事は来るので私自身を避けている訳ではないと分かるのが救いだが、彼女に会えず仕事に追われる日々は精神的にくる。

癒やされたい。しかし書類が。

一目顔を見るだけでもいい。しかし王族としての責務が。

本当は、彼女にも執務を手伝ってもらいたい。それが将来彼女を正妃に迎えるための最短ルートなのに、もしかして彼女は私の隣を望んでくれていないのだろうか。

――いつでもエスト様を癒やせる準備をして、待っていますから。そんな彼女からの言葉を読むたびに、「彼女はもう執務室に来る気はないのだな」と分からせられているような気がした。

サラディーナの事を『執務的な戦力補充のための駒』として数えたい訳ではないのに、どうしても心の奥底で『アリステリアなら、もっとうまくやった筈《はず》だ』と思ってしまう自分が嫌だった。

比べるなんて、自分がされて嫌だった事を私自身が彼女にやるのか。そう思うと落ち込んだ。

その間にも、書類は積まれ続けている。


睡眠時間を削って懸命にこなす。段々と書類が憎らしくなってくる。

何故《なぜ》こんなにもしんどい気持ちを抱えながら、書類に向かわなければならないのか。それは自分が王太子だからだ。

自分がこれまで作ってきたものを壊さないために、私は頑張る必要がある。

アリステリアがいた時には普通にできた事だ。彼女がいなくなった途端にできなくなったら、また周りから比べられる。

アリステリアがいた時は。アリステリアが――。

執務だけ、アリステリアにやらせればいいんじゃないか？

そんな名案を閃《ひらめ》いた。

そうだ、元に戻せばいいのだ。アリステリアにはこの『大量の書類を処理する役』を与え、私は隣にサラディーナを据えて王座に就く。

どうせアリステリアはこの分量を、涼しい顔でこなしていたのだ。国のために働く事に何の苦も感じていないようだったし、これ以上の適任もいないだろう。

となれば。

「おい。今すぐクレーゼンの現状を調査しろ」

近くにいた側近文官にそう命じると、永遠のような書類作業から顔を上げた相手が、怪訝《けげん》そうな顔で言ってくる。

「クレーゼンの現状をお知りになりたいのでしたら、毎年の収支報告をご覧ください」

「私が知りたいのはそういう事ではない！」

何で分からないのかと苛立《いらだ》てば、思わず声が大きくなった。自制するためにも一度腹の底から息を吐き、察しの悪い部下に懇切丁寧に教えてやる。

「アリステリアがあの僻地《へきち》に赴任して、もう半年は過ぎた。おそらく既に何かしら、トラブルが起きているだろう。その内容を調べろと言っている」

アリステリアにも立場というものがある。一度クレーゼンの統治権を得た彼女を再び王城に戻すためには、もう一度居場所を失わせるしかない。

彼女のこの半年間を洗い出し、失態を理由にクレーゼン領の領主権限をはく奪する。

幾ら彼女でも、王城からのフォローもなしにいきなり領主の真似事《まねごと》なんてできる訳がない。叩《たた》けば埃《ほこり》は出てくる筈だ。

「おい。何だ、この報告書は」

「調べてみて、正直私も驚きました！　やはりアリステリア様は、どこにいても輝くのですね」

誇らしげにそう言った目の前の側近文官を、私はギロリと睨《にら》みつける。

そういえばこの文官、たしかアリステリアを高く評価していた人間だ。今更ながらにそう思い出し、人選ミスを後悔する。

それでも、アリステリアだって人間だ。きっと完璧ではない筈である。

「私は『トラブルを調べろ』と言った筈だ。それなのに何だ、この『すべてにおいて良好』などとかいう文言は」

気に食わない。私はこんな言葉を待っていた訳ではない。

「私が知りたいのは、現地で彼女がした失敗や、現地の人間たちとの軋轢《あつれき》だ」

「しかし、そのようなものはなかったのです。それどころか、貴族嫌いで有名な領主代行の男が、全面的に協力していると。実作業は彼に任せつつ、ご自身はクレーゼン独自の政策にテコ入れをする指示役に回っているのだとか。これは正に称賛に値する成果で――」

「実作業は文官に任せているなどと、そんなのは、早い話が部下に執務を押し付けて自分はサボっているという事だろう。美化せずきちんと『職務怠慢』と書け！」

碌《ろく》に使えない報告書を机に叩きつけつつ、私は思わず声を荒らげる。

睡眠不足と癒やし不足のせいで、最近すぐにイライラする。目元のクマも消えてくれない。その上こんな報告を受ければ、乱暴になるのも仕方がない。

結局アリステリアの弱みはこの職務怠慢くらいなものだ。しかしこのくらい、どの貴族も多少はしている。これでは領主権限をはく奪するには足りな……って、ん？

「おい。この『市井《しせい》で生活している』というのは何だ」

報告書の中に一つだけ、妙な記述を見つけて尋ねる。

「これは『文官たちに追いやられた』という事か」

「いえ。そういう訳ではないと聞いています」

「では何故市井に貴族が住むのだ」

「不明です。しかし、アリステリア様ご自身が自ら望んで身分を隠して市井に住み、毎日のように多くの平民たちを家に招いては、物を教えていると」

「は？　一体何のために」

「分かりません」

こいつには、分からない事しかないのか。そう思いながら、何だか少し重くなった気がする頭を、支えるように前髪を掻《か》き上《あ》げる。

もういい、こいつには期待しない。考えろ。『職務怠慢』と、この『市井暮らし』。この二つを使って、何か付け入る隙はないか。

それがダメなら、拾った材料を使って作れないか。

私はこの国の王太子だ、国のルールを作れる立場にある。正当な方法で勝てないのなら、うまく権力を使うしかない。

逆に言えば、そのくらいの手間をかけないと、あのアリステリアは引きずり下ろせないという事でもあるのだが。

「だからこそ、連れ戻す価値がある」

どこまでも有能で、だからこそ目障りだった元婚約者。彼女を対等ではなく下に置く事で、私は初めて彼女に勝てる。

「そうとなれば、色々と算段をつけなければな」

「お手伝いします、エストエッジ様」

声が聞こえて顔を上げれば、いつの間にか先程の文官の姿はなくなっていた。代わりにいたのは、キツネ目の文官。

あぁこの男、たしか先日、中々にいいアイデアを耳打ちしてきた――。

「このノーガン、『アリステリア・フォン・ヴァンフォート公爵令嬢は、王太子殿下を常に立て、従順な立場であるべきだ』と愚考します。もし殿下が彼女を『書類の処理係』にする事を望まれるのであれば、可能な限り御助力申し上げたく」

「ノーガン、君……」

胸に手を当て礼をする彼は、ひどく芝居がかっている。

少々の胡散臭《うさんくさ》さは否《いな》めないが、これまでどの文官も、アリステリア側か中立を貫く者たちばかり。味方が増えるだけで有用だ。

その上私はこの男の、一を聞けば十を察するところがわりと気に入っている。

「じゃあ時が来れば、君にも役目を与えよう」

使い勝手がよさそうな手駒は、とりあえず確保しておくに限る。

第六章　市井《しせい》での生活の終わり……？

朝日が昇って数時間経《た》った頃、私は家の前に小さな看板を立てかけて、一人で「よし」と頷《うなず》いた。

ダニエルが作ってくれたその看板には、大きく『メティア塾』と書かれている。

ロナさんたちが色々と悩んで決めてくれた名前で、彼女たち曰《いわ》く「知恵の神・メティスの恩恵を受けていそうなアリスの塾」を略した結果らしい。

神の名前を冠するなんて何だか恐れ多いけど、ロナさんが「どうせ愛称みたいなものなんだし、いいじゃない。名前の意味なんて、きっとみんなあんまり気にしないわよぉ」と言うので「それなら」と納得する事にした。

これは誰にも言っていないのだけど実は、リズリーさんに「もうしっくりきちゃったから、これ以外の名前は考えられないー」と言われたり、シーラさんに「神秘的な言葉の響きが、未知の知識との出会いを暗示しているようでいいですよね」と笑顔で言われたりしてしまったので、今更「違う名前に」とは言えなかったというのもある。

どちらにしても、名称が決まると一層愛着も増す。こうして毎日看板を出して眺める時間は、今や私の楽しみの一つだ。

「お嬢様、算数問題の複製終わりました」

家の中からガチャリと扉を開けて顔を出したフーが、そんな報告をしてくれた。いつもの事ながら、仕事が早い。

生徒の人数もロナさんたちを入れて総勢九人になったため、フーの助けは、もう必要不可欠になりつつある。

「今日は最大五人の日です」

「今日も賑《にぎ》やかになりそうね」

「えぇ本当に」

そんな事を言いながら互いに笑い合う。生徒は——別に性別の制限はないのだけど——全員女性なので、五人も集まると姦《かしま》しさはピカ一だ。

しかしそれもまた楽しい。楽しみながらやれるに越した事はないので、私たちにはこのくらいがきっとちょうどいい。

「ところでさっきからトンカントンカンと聞こえているのは、ダニエル？」

「えぇ。生徒の人数が増えるからとリビングに追加で置く事にしたテーブルと椅子を、ちょうど製作中との事で」

「そう。助かるわ」

「体を動かす事が天職みたいな人なので、あれはあれで勝手に楽しんでいますよ」

そんなやり取りをしながら、一緒に家の中へと戻る。

塾が始まるのは、昼過ぎ。それまではゆっくりできそうだ。


そんな、いつもと変わらぬ、始まりだった。

何の変哲もない一日。しかし何事にも終わりはある。それは稀《まれ》に残酷にも突然やってくるのだという事を、私はすっかり忘れてしまっていた。


昼食がそろそろ出来上がり、庭で大工仕事をしてくれているダニエルを呼びに行こうかという頃合いで、家の扉が外からドンドンと叩《たた》かれた。

ノックにしては乱暴で、少しばかり物騒だった。ちょうど料理をしていた私と食器を用意していたフーは、互いに顔を見合わせてから、フーが壁に張り付くようにして身を隠し、窓の外を覗《のぞ》いてくれる。

瞬間、彼女の眉間に皺《しわ》が寄った。彼女のポーカーフェイスがこうもあからさまに険しくなるのなんて、珍しい。

「お嬢様」

彼女は声を低くして言った。

「外に国家騎士がいます。おそらく包囲されているかと」

どうして。そう思った。

包囲される心当たりももちろんないけど、国家騎士はその名の通り国家に仕える騎士である。当然王族の配下にあり、こんな王都から離れた辺境の土地に派遣されるような事は滅多《めった》にない。

いや、どちらにしろルステンさんからは、何の話も聞いていない。

領主館経由で通達があれば、彼ならすぐに教えてくれるだろう。という事は、これは予告なしの訪問だ。その時点で既に、穏やかな理由でここに来た訳ではないという事は確実だった。

「フー、ちょっと庭にいるダニエルを呼んで――」

「何だこの音」

「あ、ダニエル」

呼ぶ前に、どうやら彼の方がこちらの異変に気がついたようだった。剣の鞘《さや》を摑《つか》んで庭からやってきた彼は、チラリと窓の外に目をやると、やはりこちらも険しい顔になる。

「王国騎士……今更どの面を下げてやってきた」

温厚さを忘れ怒りに顔を歪《ゆが》ませるダニエルは、今にも剣を抜きそうだ。

主人としては怒ってくれて嬉《うれ》しいし彼の剣の腕は信頼しているけど、相手は国家騎士である。まだ何の用事で来たのかも分からない以上、あまり迂闊に動きたくない。

「ダニエル、相手に敵意は？」

「むき出しって感じではないですけど」

「じゃあ一旦話をしてみるわ」

「……分かりました」

どうにか怒りを腹の中に収めてくれたダニエルに「いざとなったら頼りにしているわ」と告げて、私は深呼吸をする。

大丈夫。私にはダニエルもフーもいる。そう自分の中で呟《つぶや》いてから、ゆっくりと扉を開ける。

外にいたのは、どこか得意げな顔をしたキツネ目の文官を先頭に、ザッと見て十数人ほどの王国騎士たちだった。彼らを囲むように遠巻きに、この町の方たちも多くいる。

もしかしたらここに来るまでに、町中を練り歩きでもしたのかもしれない。王国騎士の制服に物珍しさを感じ、「何事か」と思ってついてきたのだとしたら、この人数の多さにも頷ける。

人垣の中には、ロナさんやシーラさんの姿もあった。こちらを不安げに見ている二人にできれば「大丈夫」と声をかけたかったけど、状況がそれを許さない。

おそらくこの一団の代表なのだろうキツネ目の文官が、口角を三日月のように釣り上げてニタニタと笑っていた。

彼の事はよく知っている。

王太子殿下の五人いる側近文官のうちの一人で、名はノーガン。王城では王太子殿下に常に賛成のスタンスを取っていた方だったから、時には殿下の考えに意見を述べる私とは、何かと衝突する事も多かった。

私の方には特別彼を嫌う気持ちはないものの、彼は違うだろう事は、当時から彼の態度などでヒシヒシと感じていた。

そんな彼がこの市井に、おそらく王太子殿下の側近文官としてここに立っているのだろうという予想が、私に今とてつもなく嫌な予感を抱かせている。

できればこの最悪な想像が、現実にならない事を祈りたい。そんな私の淡い期待を、彼は喜々として踏みにじる。

彼は、まるで私に見せびらかすかのように、おもむろに背広の内ポケットに手を突っ込んで、一枚の紙筒を取り出した。王家の紋章が入ったそれを、スルスルと開き高らかに読み上げる。

「アリステリア・フォン・ヴァンフォート公爵令嬢。貴女《あなた》には現在、王国法第七条四項の禁止事項『国家的な知識と経験の流布』に違反している疑いが掛けられている。即座に王城へと出頭されたし。これは王命である」

王城からの出頭命令に最初に反応を見せたのは、やはり町の方たちだった。

「おい、アリステリア・フォン・ヴァンフォート公爵令嬢って……」

驚きの声がザワリとうねり、辺りは騒然とする。

人垣から「新しい領主」「王太子の婚約者」という単語が漏れ聞こえてくる。それは正しく、隠していた私の素性が完全に、白日の下に晒《さら》されてしまった事の証明だった。

「どういうつもりで市井になんていたのかは知らないが、これでお前の居場所はなくなった」

ニヤニヤと笑うノーガンに、私は深く息を吐く。

隠していた素性はもう、白日の下に晒されてしまった。

それはすなわち、私がここで大切にしていた日常が壊れてしまったという事だ。

できる事なら、彼女たちにはきちんと自分の口から伝えたかった。

それこそが、これまで自身の素性を隠して付き合ってきた彼女たちへのけじめになる筈《はず》だった。

しかし、すべてはもう後の祭りだ。真実を暴かれてしまった今、「言おうと思っていた」なんて言い訳にもならない。

彼女たちにとって今の私は、自分を騙《だま》していた人間だ。この一点に関しては、私に弁解の余地はない。

あぁいや、違う。今はそんな事より気にすべき事がもっと別にある。

ノーガンが突き付けてきた、王族からの出頭命令。罪に問われているという事実。

心当たりのない罪を理由に、私はこの土地を離れて王城へと行かなければならない。王命は拒否できない。

最悪罪が確定すれば、ここには戻ってこられなくなる。いや、穏便に事を解決できたところで、市井にはもう私の帰れる場所はない。

様々な感情が、心の中で錯綜《さくそう》する。
突然の終わりだ。心の準備はもちろんできていない。
いやいや、お祖父様《じいさま》に倣い領民のために自分にできる事を探す。その目標は達成できたのだから
いいではないか。
たとえ市井にはもういられなくても、これからは領主として少し遠くから彼女たちに学べる場所
を提供していけばいい。それが貴族であり領主でもある私の本来やるべき事で、適切な距離感とい
うやつだ。でも。

――寂しい。

そう思った瞬間に、気がついてしまった。
これはきっと、彼女たちを欺いてきた私が使っていい言葉では、多分ない。
クレーゼンの領主である私が今最も優先すべきなのは、自身の感情では絶対にない。領民の生活
を守る事だ。
私はゆっくりと目を閉じて、一度感情を落ち着ける。
楽しかったなぁ、と思う。他所者《よそもの》の私を温かく受け入れてくれた方たちと、色々な事を話したり、
町を歩いて実際に色々と見てみたり。彼女たちの日常を知って、彼女たちにちょっとした事を教え

て、一緒に笑って、一緒に考えて。

そんな優しい記憶から、私はゆっくりと手を離す。

ノーガンが私への使者ならば、後ろの王国騎士たちは私に対する脅しだろう。

抵抗すれば実力行使も厭《いと》わない。そんな明確な意図を感じる。

もしそこにロナさんたちが助けにでも入ったら、もう最悪だ。

そうじゃなくても、一度武力行使のきっかけを与えてしまったら、私への見せしめに領民に何かをするかもしれない。ノーガンの存在は私に、そんな危機感を感じさせて余りある。

だから。

「分かりました、参りましょう。が、私にも領主代行としての残務があります。それが終わるまでお待ちいただく事になりますが」

「いいだろう。そのくらいの情けはくれてやる」

私が大人しく応じれば、彼は勝ち誇ったような笑みを浮かべた。

彼の私への態度に、フーとダニエルが殺気立つ。しかしどんな態度を取られても、この場での私の最優先は『これ以上周りのみんなに不安を抱かせない事』だ。そのためになら、言われっぱなしでも別に構わない。

私がゆっくりと首を横に振れば、有能な私の従者たちはその意を正しく察してくれた。

己の感情を押し殺し、怒りを胸の内に封じてくれる。

歩き出したノーガンの後に続くと、すぐ後ろにフーとダニエルが付き従ってくれている気配を感じた。

そっと野次馬《やじうま》に視線を向けると、何か言いたげな顔をしたロナさんとシーラさんと、目が合った。

しかし彼らの疑問や困惑に、私は一切の言い訳も答えも返してあげられない。

謝る事さえ自己満足のような気がして、私は彼女たちから目をそらした。

現状に言い訳をしない事。それが領地と領民を守る貴族としての、今の私の最大限示せる矜持《きょうじ》でもあった。

◆◆◆

その足で領主館へと向かうと、驚いた顔のルステンさんが私を出迎えてくれた。

「どうしたのですか？　アリス……テリア様」

たとえ市井の服での来訪でも、彼はすぐに私が公用で来たのだと分かったらしい。名前をギリギリのところで言い直し、執務室へと通してくれて、部屋も人払いしてくれる。

ノーガンは「確認事項がある」と言って、領主館に来て早々どこかに行ってしまった。今ここにいるのは、フーとダニエルの他には、監視役なのだろう騎士が二人。その他の騎士たちは今領主館の庭で、騎士らしく節度を守った休憩を取っている。

「それで、どうされたのですか？　本日は」

「そう聞いてくるという事は、やはり領主館の方にも先触れは来ていないのですね？」

私の問いに、彼は「えぇ」と首を縦に振る。

だとしたら、すべてはおそらく確信犯だ。

あの場で私に突然出頭命令を突き付ける事で、私に嫌がらせをする。私の取れる選択肢を狭める。準備期間を与えない。

おそらくそういう思惑があって、今のところそれはうまくいっている。

「数日中にはおそらく後追いで、私に対する王城への出頭命令書が来るはずです」

「出頭命令？」

「えぇ。どうやら私は今、法律違反による国家反逆の疑いを掛けられているようなのです。つい先程公衆の面前で、その旨の通達を受けました」

「なっ!?」

通常、王城への出頭命令は郵送伝達で事前に知らされる。それでも尚《なお》出頭しない場合のみ、迎えを派遣するのだ。

それを、郵送伝達よりも先に騎士を連れて現着する事で、『王城が騎士を動かした』という領主としては醜聞にも値する心証操作を周りに対して行う。古くから使われている嫌がらせの手法であり、なりふり構わないやり口だ。

彼は怒り混じりに驚き、そしておそらく私の正体が明るみに出た事を察したのだろう。幾つかの言葉を呑《の》み込《こ》み、少し考え込むようなそぶりを見せた後、私の後ろに張り付いている『監視役』たちに目を向ける。

「ではこの騎士は」

「ぇぇ、私を王城へ、丁重に連行するために来られた方たちです」

私はニコリと微笑《ほほえ》みながらも彼らに対して毒を吐いた。二人のうちの一人、若い方が何かを言い返そうとしてきていたけど、もう一人がそれを止める。

おそらく彼は分かっているのだろう。たとえ王族からの命令で動いているのだとしても、自分たちがそう言われても仕方がない事をしている事を。

私だって、いつもならこんなふうに彼らに当たったりはしない。しかし今は、先程彼らがしてくれた嫌がらせに、実は少しだけ怒っているのだ。このくらいは可愛《かわい》いものだろう。

「それで、国家反逆とは一体どのような……？」

「分かりません。出頭命令書には『王国法第七条四項』などという、聞いた事もない法律が根拠になっていましたが」

「『聞いた事もない』？」

「少なくとも私が知る限りでは、第七条には三項までしか存在していない筈です。まぁ私がうっかり忘れていれば、また話は別ですが」

「アリステリア様ほどの方が、国の法を覚え損ねている筈などないでしょう」

私が軽口を叩くと、ルステンさんが苦笑いで答える。

たしかに私は、これでも王妃教育を施された身。この国のすべての法律は、一通り頭に入っている。にも拘《かかわ》らず記憶にないという事は、きっと私が王都を離れてから新しく作られた法律なのだろう。

「法律追加の通達はまだここには届いていませんが、体裁を保つためにおそらく後追いで来ると思います。どちらにしろ、そういう訳ですので、私は王城へと戻らざるを得ません。留守中の全権は貴方《あなた》に譲渡します。あと引継ぎも――」

「引継ぎは必要ないだろう？」

私たちの会話を遮るように、男性の声が割り込んできた。

振り向けば、キツネ目の文官が、部屋の入り口でこちらを馬鹿にしたように笑っている。

「ちょうど今、現場に確認をしてきたところだ。調査結果にあった通り、やはりこの土地の運営はすべて既存の者たちに任せていたようだな。自身はサボっていたくせに、一体何の引継ぎがあるんだ？」

「なっ！　たしかにアリステリア様は書類仕事こそされませんが、領主としても確認と決定の判断は――」

「ルステンさん、構いません」

彼の言葉を、私は途中でやんわりと制する。

たしかに私は、元いたメンバーに領地経営の実作業を任せている。ノーガンの言葉も間違ってはいない。

そして今彼は、王族の使者としてここにいるのだ。言わば代理なのである。下手《へた》に突っかかってルステンさんが今の仕事に支障をきたすような状態を作られる方が、領地としては痛手である。

私の態度に気をよくしたのか、彼はニヤリと笑いながら私を見下し口を開く。

「領主としてすべき事があるから猶予が必要だと言っていたが、特に引継ぎもないのなら今すぐにでもここを出発できるな」

「領地で進行中の新事業は、私の責任の下で進めています。ここを離れるというのなら、今後の方針に関する引継ぎは必要です」

「なら三十分後には出発だ。それまでに引継ぎは終わらせてもらおう」

「それはあまりにも！」

「王命だ！」

反論しかけたルステンさんに、ノーガンは有無を言わせない。しかし私は頑《かたく》なな彼に、大きな違和感を覚えていた。

あれほど町中で注目を集めていた王国騎士たちの噂《うわさ》を今日まで一切聞かなかった事を考えれば、彼らがクレーゼンに到着したのは、おそらく今日の事だろう。

王都からクレーゼンまでは、馬車で一月はかかる。普段は殿下の側近文官であるノーガンがそんな長期間の旅をすれば、間違いなく体に負担がかかる。

一晩くらいクレーゼンで休んでから出発したいと思うのが、普通だろう。実際に三十分後にここを発《た》っても、明日の朝の出発になってしまっても、王都に到着する日時にはそう大差はない筈だ。

にも拘らず、何故《なぜ》彼は王命を持ち出してまで、出発を急いでいるのだろう。

「もしかして、王太子殿下から『一刻も早く私を連れてこい』とでも言われているのですか？」

殿下の側近文官がここに来たという事は、おそらく今回の出頭命令には、殿下が関与しているのだろう。

ノーガンは、殿下の言葉には忠実だ。そんな彼がここまで頑なに少しでも早い出発をしたがっている理由として一番可能性が高いのは、それが殿下の要望だからではないだろうか。

それが、私が立てた仮説だった。

「そっ、そんな事お前に関係ないだろう！」

声を荒らげた彼を見て、図星なのだなと確信した。

となれば、何故殿下はこうまで私を急いで連れ戻したいのだろう。

考えられるのは、たった数日・数時間さえ待てない程に切迫した何かを、今の殿下は抱えているという事だ。

そう考えた時、一つの可能性が思い浮かぶ。

「もしかして、殿下の執務が滞ってでもいるのですか？」

「その口ぶり、やはり貴様が何か細工を！」

「できる筈がないでしょう。私はクレーゼンに行く事が決まったその日に、王都を出たのですから」

王族側から即時のクレーゼン行きを要求され、それにきちんと従ったのに、あまりにひどい濡《ぬ》れ衣《ぎぬ》だ。しかしこうして食ってかかるくらいには、やはり状況は芳しくないらしい。

元々殿下はあまり、書類仕事が得意ではなかった。幸いにも私が苦手ではなかったからうまく回るように終始サポートをしていたのだけど、今は近くにそういう人材がいないのだろうか。

もしいないなら、今回の件の裏にはもしかしたら「そういった執務ができる人間を手元に置きたい」という思惑が働いているかもしれない。

本来ならば、自分で私を廃しておきながら私を再び手元に置こうとするとは、少し考えにくい。少なくとも私が知っている殿下はそういう事をするような方ではなかった。しかし余裕がなくなると、人は変わる事もある。

どちらにしても、警戒した方がいいだろう。

殿下は慎重な方だ。婚約破棄の件はともかくとして、自分の名前で動く時は基本的に、王太子として格好のつかない事をするのを嫌う。失敗を避け、確実に勝てると思えるまでは仕掛けないのだ。

そんな彼が、強引だと思えるようなやり方で、私を王都に連れ戻そうとしている。これはしっかりと自身の方針を定めてから動いた方がいい。

しかし王都の状況、殿下の思惑、そして私が取るべき行動。色々と分からない事が多すぎる。少なくとも散らかった頭の中を、整理できるだけの時間が欲しい。一週間や三日とは言わない。せめて明日の朝くらいまで、今後の身の振り方を考える時間があれば。

そう思った時だった。

「王家の使者としてクレーゼンに来たというのなら、ぜひ特産品を土産《みやげ》にお持ち帰りください。でなければ我が領の面目が立ちません。明日の朝には殿下に食していただくのに、恥ずかしくない一級品をご用意いたします」

先程から何やら一人静かに考え込んでいたルステンさんが、私たちの話に横からやんわりと割って入ってきた。

「今日の宿はこちらでご用意します。何分《なにぶん》我が領地は小さい上に突然の大人数なので、騎士団の方たちにはこの庭で野営をお願いする事になりますが、貴方には王家の使者として相応の部屋を手配しましょう」

「土産などいらん。それよりも、一刻も早く――」

「王太子殿下は、晩酌の赤ワインに燻製《くんせい》肉を合わせるのがお好きでしたね」

私のその言葉に、ノーガンはピクリと肩を震わせる。

「我が領の特産品には、質のいい牛の肉もあります。最高品質の燻製肉を手配しましょう。今日の夜には試食として、使者様にもご用意致しますよ？」

たとえ殿下から指示のない土産の持ち帰りでも、殿下が好きなものとなれば話は別である。彼はきっと、殿下の好感を得るために、土産を持って帰りたくなる。

彼は少し考えるそぶりを見せた後、「フンッ」と鼻を鳴らしながらこちらに背を向けた。

「まぁたしかに？　最近お疲れの殿下に土産の一つも持って帰らないでは、側近としての格好がつかない。しかし出発は、明日の朝だ。それ以上は待たない。それまでに自分の身支度と最高品質の燻製肉を用意しておけ！」

「分かりました。では、明日の朝に」

踵《きびす》を返しドタドタと部屋を出ていく彼の背に、私はそう言葉を返した。ルステンさんの部下がそのすぐ後ろを慌てて追いかけていったのは、おそらく彼を宿屋に案内するためだろう。

嵐が去った後の室内には、静かな空間と静かな面々が残された。

「助かりました、ルステンさん」

「いえ、そんな。僕も、引継ぎもなくアリステリア様に王都に行ってもらっては、近いうちに困るのが明らかでしたから。あ、それと、こちらに赴任された時に『泊まる部屋は用意不要』と仰《おっしゃ》っていましたが、あれから実は密かに一室だけ、いつでも使える状態に最低限の掃除をしておきました。よろしければ、今日はそちらにお泊まりください」

彼は、「市井には戻れないだろうから」とはまでは言わなかった。しかし薄々勘づいているからこそ、こうして申し出てくれたのだろう。

「ええそうします。ありがとうございます、ルステンさん」

恵まれているなと思いながら、私は彼にお礼を言った。

もしかしたら、感傷が顔に出たのかもしれない。ルステンさんは少し気遣わしげに、眉尻を下げて「いいえ」と言った。


どうやらあれからノーガンは、早々に町へと繰り出したらしい。フーはルステンが宛てがってくれた宿泊部屋を整えに向かい、王太子殿下の騎士たち二人は「執務の気が散る」と理由を付けて、部屋の外に立ってもらっている。

だから今この執務室にいるのは、私とルステンさん、そしてダニエルの三人だけだ。とはいえダニエルは護衛という己の職分を果たすのみ。ここで話をしているのは、実質二人だけである。

話す内容は、もちろん領地経営について。

細々とした事は色々とあるけど、やはり大きなところで言えば新事業開発補助策で進行中の案件についてだろう。

「進めている新事業で、困っている事・この先困りそうな事などはありますか？」

今月はちょうど、新事業開発補助策の改案後、初採用した家畜の乳を活用する件が本格的に始動した月だった。報告日は明後日だったので、纏《まと》めきれてはいなくても、何となくの進捗や課題は話せるだろう。

そう思っていたのだけど、ルステンさんには珍しく、すぐに答えが返ってこない。

「もしかして、何か言いにくいような問題が？」

「そうですね、ない事もないのですが、それよりも」

窺《うかが》うように見つめられ、私は思わず首を傾《かし》げる。

「領地の事よりも、まずはアリステリア様の王城への出頭命令について、考えた方がいいのではとどうしても思ってしまって」

新事業の件も、もちろん領地にとっては大事な話だと分かってはいるのですが。そう言って苦笑する彼に、私は「あぁ」と納得する。

私を心配してくれているのだろう。

彼の気持ちは嬉しいし、ある一面においてはたしかにそちらを優先すべきでもある。しかし私は今、まだこのクレーゼンの領主だ。

「だからこそです。できる事は今のうちに、すべてやっておかなければ」

そう告げて彼に報告を促せば、少し戸惑いの表情を浮かべつつも彼は話し始めてくれた。

「乳製品の領内への普及に関して、生産面・流通面を並行して、研究をし始めました」

前回話を聞いた時には、たしか「元々牛の食肉産業をしている畜産農家の幾つかと話をし、うち一つから色よい協力の返事を貰《もら》ったため、そこと試行錯誤してみる事にした」と言っていた。

当該の農家は熱心で「せっかくなら美味《おい》しい乳製品を作りたい」と思っているとか。そのために既存の区画を一つ空けて、そこを乳牛用の場所にしたと聞いている。

「生産面に関しては、今回新たに乳搾りをする人材を雇い入れる一方で、『美味しい肉を作るためには、それに合ったエサをやる必要がある。乳牛には乳牛に合ったエサがあるのではないか』という事で、色々な飼料を与えて牛乳の味に差が出るかという実験をし始めています。こちらについては結果待ちなのですが、問題は流通面でして」

「どのような問題ですか？」

「商品の運送についてです」

詳しく話を聞いてみると、食肉は通常、広い草原地帯で育て、頃合いになると犬で町と牧場の中間地点に建てられた食肉小屋まで追い立てて、解体するらしい。そうする事で、伸び伸びと育てた牛の肉を、鮮度を保った状態で食卓に提供できるのだとか。しかしそれを乳牛でもやろうとすると、少し勝手が変わるという。

「搾乳は食肉にするのとは違い、同じ牛に対し何度も行います。その度に牛を行ったり来たりさせるのは効率が悪い。よって、搾乳は毎回飼育地域で行う必要があるのです。が、そうなると牛乳の輸送距離が延びてしまうのです。鮮度が落ちてしまうのはもちろん、液体なので移動中に零《こぼ》れてしまう。新たに町の近くに乳牛専用の小屋を建てるのは、実験段階の現時点では、まだ少し時期尚早ですし……」

「流通時に幾つか工夫をすれば、市井の人々にも受け入れてもらえるとは思いますが、未確定ではありますからね」

「そうなんです。どうしたらいいだろうかと、現場で頭を悩ませていて」

つまり現時点で牛乳を流通させるためには、如何《いか》にして牛乳を零さず腐らせずに運ぶ事ができるかを考える必要があるという訳だ。

前世では、密閉性の高い牛乳瓶や紙パックに入れる事で、零れないようにしたり微生物の侵入を防いで腐りにくくさせたりしていたと思うけど、少なくとも今のクレーゼンでは難しい。

上級ワインなどは瓶とコルクを使っているけど、市井に流通するお酒や飲み物類は、樽《たる》や動物の革で作った袋を使う事がほとんどだ。

そうでなくとも道は凸凹《でこぼこ》で舗装されていないのに、その上中身が腐るのを気にして馬車の速度を速めれば、それだけ衝撃で樽が破損したり、革袋から牛乳が零れる可能性も増す。

町に着いた時に商品にできない状態になってしまっていたら、運ぶ意味がない。中々に難しい問題だ。

ならば、どうするか。

「では少し、運ぶ方法を考えるのではなく、品物の方に一工夫してみるのはどうでしょう」

「品物に工夫？」

「ええ。つまり、加工品にするのです」

牛乳に手を加える分、手間はかかるものの、零れない状態に加工すれば、運搬時の心配は要らなくなるし、物によっては腐るまでの期間を延ばす事だってできる。

「たとえば、バターやチーズ、ヨーグルトなどは、保存期間が長くなりますし、牛乳よりは粘度があったり個体だったりするので、零れる心配は減るでしょう。たしかバターは、零れる危険は減っても外気温や保存状態によってカビが生える危険があり、ヨーグルトも常温保存や衝撃によって傷みやすくなるという話があった筈……。そうなると、チーズが一番無難でしょうか」

それにチーズなら、この地で既に好んで食されている肉類や、パンとの相性もいいだろう。元々肉の消費量が多い土地なので、セットにすれば相乗効果で流通させることもできそうだ。

「チーズは傷まないんですか？」

「傷みにくいと思います。特に白カビ系のチーズは、表面を無害なカビでコーティングする事で、他のカビが繁殖するのを防ぐと言いますから」

「なんと……！」

彼は驚愕《きょうがく》の表情を浮かべる。

その後に続く百面相は、「すごい、そんなものが存在するのか。というか、一体どこでそんな知識を？　はっ、もしかして王族の公務で生産地域に行った時にでも話を聞いたとか？　いや、だとしても聞いたのは一度きりじゃないのか。それをこうして覚えていて活用しようというのだから、彼女の勤勉さには本当に頭が下がる……」とでも思っていそうである。

それ程までに驚いたり感心したりしてもらっているところ大変申し訳ないのだけど、これらはすべて前世のネット情報だ。以前彼氏が冷蔵庫から出しっぱなしにしていたせいで、バターにカビが生えてしまった事があって、それで色々と調べたのである。

だから別に褒められたものでもないのだけど……まぁいいか。わざわざ言う事でもないし、説明のしようもないのだし。

それよりも、言葉で言うほどチーズ作りも簡単ではない。前世とは違いまだ整った設備が存在しない今世でやろうと思ったら、温度管理や湿度管理などはおそらく難しいだろう。加工するには、職人の知識と経験が必要だ。

しかし、それについては私に一つ当てがある。

「私の伝手《つて》で、伝統的にそれらを作っている地域に技術供与を打診する事もできます。環境の違いなどもあるでしょうから、先方の手順をそのまま踏襲してもうまくいくとは限りませんが、基礎を習得するためには、助力を願う方が早いでしょう」

ノーガンが今回の出頭の理由として挙げていた『国家的な知識と経験の流布』という違反事項に、領地を跨《また》いでの知識と経験の流入が含まれるのか否《いな》かは、現時点ではまだ分からない。打診自体、少し危険だという懸念もあるけど、これについては領主として、何としてでも国王陛下からの了解を取ってこよう。

「牛乳の流通については、乳製品――チーズの流通が安定してから、改めて適切な場所に乳牛小屋を建てて行えばよいと思います」

「なるほど。技術供与、可能であれば是非受けたいです。打診をお願いしてもいいでしょうか」

「分かりました。私名義で領主館から、あちらの領主に打診しましょう。明日の朝までには手紙をしたためておきますので、郵送手続きはお願いしてもよいですか？」

「はい」

「ではそのように。……ルステンさんが居てくれてよかった。安心してクレーゼンを任せられます」

私がそう言うと、彼は何故か不安げな顔になった。

私、そんな顔をさせるような事を言っただろうか。そう思っていると、彼が「あの」と口を開いた。

「アリステリア様。先程から、目下の問題である王都への呼び出しの件を後回しにしたり、打診のための手紙を『明日の朝まで』と言ったり、クレーゼンを任せられると言ったり。信頼していただけるのは嬉しいのですが、まさか『もう王都から戻ってこない』なんて事……ない、ですよね？」

私をまっすぐ見つめてくる彼は、縋《すが》るような目はしていなかった。依存心などはなく、ただただ私を心配してくれている目だったのが嬉しくて、安心もして。

だから少し、気が抜けたのだ。

「私が――」

その後に続けた私の言葉は、もしかしたら少し弱気に聞こえてしまったかもしれない。

しかし私自身、まだあまりうまく心の整理がつけられていなくて、そう答えを返すのが精いっぱいだった。

最後にこう、付け加える。

「心配はいりません。この領地と領民は、私が必ず守ります」

この時の私は、クレーゼンに対する愛故に、領主として正しい判断をしようという自負だけで、最善を選択していた。

◆◆◆

アリステリア様が退室した後、僕は執務室で一人、深いため息をついていた。

アポイントもなく僕たちの領地に土足で入ってきた不届き者の横暴さにはもちろん腹が立っていたが、それよりも大きな不安が今、僕の頭の中を占めている。

「いつも凛《りん》としているあの人が、あんな顔をするなんて。アリステリア様、やはり本当に……」

彼女は僕の真っ向からの問いに、明確な答えはくれなかった。

しかしこう言ったのだ。

——私がここでした事はすべて、ただの自己満足だったのかもしれません。

そして初めて見るような、弱気な笑みを浮かべたのだった。

彼女ほど聡明《そうめい》な人であれば、王家からの出頭命令を迎え撃つ事だってできそうだ。実際に彼女自身、出頭命令自体にはあまり焦っていないような気がする。

なのに、おそらく帰ってくる気はない。彼女の答えになっていない言葉を聞いて、僕はそう思ってしまった。

本当のところは分からない。でも、最後に彼女から感じた「領地と領民にだけは絶対に被害を及ばせない」という強い意志が、どうしても僕に胸騒ぎを抱かせた。


彼女が、自己犠牲を考えているのだとしたら。

そう思うと、胸がギュッと締め付けられる。


もちろん彼女の知見は有用だ。クレーゼンの発展には欠かせない存在だ。

僕にとってもあの市井の家に少しめかし込んで行く事は、とても楽しく日々の彩りと一つの息抜きになっていた。

おそらく僕以外にも、彼女がいなくなる事で日々の楽しみを損う人は多いだろう。

でも、だからといって彼女をこの土地に縛りつけたい訳ではないのだ。

彼女はこの土地に住まう様々な人に目を向けて心を配れる人だから、どんな結果になったとしても、彼女が自分らしい選択をしてくれればいいなと僕は思っている。

だけどさっきの彼女は、どこか辛《つら》そうな、無理をしていそうな顔をしていた。

きっと彼女は今回も、得られた少ない情報の中から僕には到底見えていないところにまで気付いているのだろう。そんな彼女の選択に待ったをかけようというのは、彼女にとっては迷惑で、大きなお世話なのかもしれない。

でも、どうしても一旦状況や責任を度外視して、自分がどうしたいのかを考えてほしい。そう思わずにはいられない。

諦めるのが早すぎないかと、訴えかけたくなってしまう。それを彼女に分かってほしい。

でもきっと僕が言ったところでこの声は届かないだろうと、先程彼女と話していて、何となく理解できてしまった。

なら、僕には何ができるのか。

重要な局面では絶対に、思考を止めてはならない。そう教えてくれたアリステリア様に倣って、考える。

そして僕は、執務室を出た。領主館を出て、町中を走る。

僕には権力はない。彼女以上の頭もない。

でも、できる事が何もない訳でもない。少なくとも今僕は、自由に動く事ができる。

気がつけば、年甲斐《としがい》もなく全力疾走していた。

運動不足がたたってか、息は切れ切れ。それでも走る。

普段どこにいるのかも知らない彼女たちを見つけるために、ただただ走って、走って、走って。

もう日は随分と傾き、夕暮れを越えて薄暗かった。

すれ違う人々の顔がよく見えなかった。商店街の角を曲がったところで、誰かと肩がぶつかった。

結構な速度で当たったせいで、相手を転ばせてしまった。

急いではいたが、自分のせいで被害を受けた相手を助け起こすくらいの心の余裕はまだあった。

「あいたたた」という声に、切れる息で「すみません」と言いながら、手を伸ばす。

立ち上がらせたら、また走り出さねば。そう思いながら助け起こして、思わず「あっ」と声を上げた。

夜営業の始まった食堂の窓から、店の中の光が漏れていた。それに照らされて見えた顔に、僕は大いに見覚えがあった。

「もしかして」

会ったのは数える程である。こちらも素性を隠してアリステリア様の家に通っていたから、まじまじと見たりはしていない。その人なのか、確信は持てない。しかし。

「貴方、よくアリスの所に来てた人だよねー!?」

僕が何かを言う前に、襲い掛からんばかりの勢いで、彼女に思い切り詰め寄られた。

まるで「逃がさないぞ」という執念が乗ったかのような力強さで、両肩を摑まれた。

細身の女性のポニーテールが、僕の両肩をガクガクと揺らす度に揺れる。

「アリスが今どこにいるか知らない!?　知ってたら教えて！　話がしたいのー!!」

不安と焦りが入り交じった目。そこには正しく「もう会えなくなるかもしれない」という一種の恐怖と諦めの悪さが灯《とも》っていた。

その目を見て、何だかものすごく安心した。

彼女もまた僕と同じように、彼女によって諦め方を忘れさせられてしまった人なのだろうと思った。

だから確信できた。間違いない、僕の探し人は彼女だ。

「僕も、君たちを探していた。君たちに、アリステリア様の心を救ってほしい！」

「やっぱり！　アンタ、アリスの居場所を知ってるのねー!?」

アリステリア様が彼女たちと、どういう関係性を築いていたのか。僕は詳しくは知らない。でも、アリステリア様がいつも楽しそうに彼女たちの話をしてくれていたのは、ちゃんとしっかりと覚えている。

僕に「もう少し周りに頼ってみるといい」と言ったのは、誰でもないアリステリア様だ。だから僕は自分が後悔しない選択をするために、彼女——リズリーと名乗った目の前の女性と、手を結ぶ事にした。

◆◆◆

翌日の朝、私は領主館での初めての朝を迎えた。

昨晩たっぷり時間があったお陰で、しっかりと『状況の整理』と『やるべき事の選択』に時間を費やせて、今日は少しばかり頭がスッキリとしている。


私が第一に目指すのは、やはり領地のための行動をする事だ。


ノーガンは出頭命令の名目について、私に『『国家的な知識と経験の流布』に違反している疑いがある」と言っていた。何か心当たりがあるとしたら『メティア塾』くらいである。

もし王太子殿下が、私に王城の執務をさせるために今の居場所――クレーゼンの領主という立場から私を引きずり降ろしたいのだとしたら、王国騎士が領地にまで迎えに来たという、領主にとって不名誉極まりない実態を作ったり、市井で私の身分を高らかに暴いたりという、昨日の嫌がらせにも説明がつく。

ここまでの事を実行したのなら、おそらくもう少々の強行手段は厭わないだろう。

もし私が彼の思うように動かなければ、次に彼が狙うのは、おそらくクレーゼンの領地と領民だ。

まず目を付けるのは、『メティア塾』の生徒たちだろうか。私が彼女たちに国家機密の知識と経験を教えたとでも言えば、とても嫌な言い方にはなるけど、いつでも彼女たちを『処分』できる。

相手は王族だ。純粋な権力では、どうしたって敵《かな》わない。

そうならないようにするためには、殿下の願いに従う事。私が従順かつ有用である限りは、彼も人質には手を出さないだろう。

だから私が王城でやるべきは、『王城に行って自らの無実を証明し、処分を免れる事』ともう一つ。王城に留《とど》まり、殿下の執務をこなしながら、殿下がクレーゼンに何もしないように、近くで目を光らせる。

それこそが、私が自分の立場を使って行える最善であり、やりたい事だ。

ただ一つ心残りがあるとすれば、ある問いの答えがまだ見つかっていない事だ。

——私がしていた事は、果たして正しかったのか。

私は今でも、自分の意思で生きるためには知識はあった方がいいと確信している。

でも自分の安易な知識供与のせいで生徒になってくれた彼女たちの身を危険に晒してしまっている事は、後悔してもしきれない。

こんな事に巻き込むくらいなら、塾なんて開かない方がよかったのではないか。その思いだけが未《いま》だに、モヤモヤと心の底に僅かに滞留している。

外出用のドレスを久しぶりにフーから着せてもらい、そのままその部屋で食事を摂《と》った。するとノックもなく不躾《ぶしつけ》に、部屋の扉が強く開かれる。

「すぐに出発するぞ」

「おはようございます、ノーガン」

返事はない。代わりに鼻を鳴らされて「早くしろ」と急《せ》かされた。

私はゆっくりと席を立ち、最後に一度だけテーブルを撫《な》でた。

たった一日だけだけど、お世話になった。貴方のお陰で夜の間に色々な事を考えられたわ、ありがとう。

心の中でこの部屋に、そうお礼と別れを告げて、私は静かに部屋を後にした。

領主館の外に出ると、既に玄関には馬車が二台横付けされていた。

うち一台には、既にノーガンが乗っている。騎士団も既に馬に騎乗しており、私の準備ができ次第、すぐにでも出発できる態勢だ。

メイド服姿のフーと騎士服姿のダニエルを従えて、私は見送りに出てきてくれていたルステンさんと向かい合った。

「お仕事は大丈夫なのですか？」

「共にクレーゼンの未来を想《おも》う仲間の見送りです。そのくらいの時間ならいくらでも作ります」

真面目《まじめ》で律儀で、とても彼らしい答えだと思った。その心遣いに笑顔で「ありがとうございます」と返し、私は別れの言葉を告げる。

「ではクレーゼンを、よろしくお願いいたします」

「お任せください。貴女が帰ってくる時まで、留守は必ず守ります」

力強い彼の言葉に、安堵《あんど》しながら小さく頷き馬車に体を向けた。

たとえ遠く離れても、私はクレーゼンを想うだろう。もう戻る事はできなくても、きっとこれからは王城に届く報告書を、まるで遠くで頑張る友人からの手紙のように、大切に読むに違いない。

そう思いながら、馬車へのタラップに最初の足をかけた。

その時だった。

「アリスーッ!!」

遠くから、私を呼ぶ人の声がした。

ここにいる筈のない方の声だ。そう分かっていて尚、弾《はじ》かれたようにそちらを見る。

領主館の門の向こうから、何人もの女性たちが走ってきていた。

門には門番がいた筈だ。今も立っているのが見える。しかし彼らが勝手な判断で職務怠慢をするとは、私にはどうしても思えない。

ルステンさんを振り返ると、彼が笑っているのが見えた。

まるで小さなイタズラが成功したかのような幼さを一瞬覗かせた彼を見て、私はすぐに理解する。

あぁこれは彼の采配なのだろう、と。

門番たちが職務怠慢で罰せられる事はない。そう安堵すると同時に、私は別の事に危機感を抱いた。

私を迎えに来ているのは、王太子殿下が動かせる騎士。つまり彼の直轄の騎士の一部だ。

彼らは自らが要人の側《そば》にいるという自負と経験の下に、得体の知れない者たちが突然自分たちの警護テリトリーに入ってくる事を許容しない。と、なれば起こりうる事故は――。

数人が、馬から降りて剣を抜いた。

彼らの職分を考えれば、必要な措置だと言える。しかし私も黙っている訳にはいかない。

「控えなさい！」

タラップにかけていた片足を降ろし、王族の持ち物に声を張り上げる。

彼らはピタリと動きを止めた。

通常彼らには、元でしかない王太子の婚約者の言葉を聞く必要はない。にも拘らず彼らが止まってくれたのは、きっと過去が味方してくれたのだろう。彼らには、何度か準王族として身辺警護をしてもらっていたから。

チラリとルステンさんを見ると、目の前の状況の推移に顔を幾らか青くしながらも、安堵にため息をついていた。

おそらく騎士たちがこれほどまでに好戦的だとは、思い至らなかったのだろう。彼の若干の詰めの甘さに苦笑しつつ、息を切らしながら走ってくる客人たちの方を見る。

私の正体がバレて以来、初めて彼女たちと面と向かう。説明も弁明も謝罪も、私はまだ何一つとして、彼女たちにしていない。

向けられるのは、恨み言か、反発か。もう市井に戻ってくるな、裏切者めと、引導を渡しに来たのかもしれない。

そう思うと、恐れと緊張が私の体を硬くさせる。しかし、それらをすべて受け止めるのもまた、正体を隠して市井で生活をしていた私の義務だろう。

「昨日ぶりねー、アリス」

第一声を発したのはリズリーさんだった。ロナさんやシーラさんを始めとして、他の塾生たちも皆いる。

その誰もが、少なからず怒った顔をしていた。

当たり前だ。一緒に勉強をして、お茶をして、相談事をしたり、他愛《たわい》ない日々の愚痴を零したり。そうやって彼女たちと育んできた時間、私はずっと彼女たちに自分の正体を隠していた。それは彼女たちからしたら、謀《たばか》られていたも同然だろうから。

勝手に視線が下がってしまいそうになる。でも本当にそうしたら自分が冒した事への責任から逃げているように思えて、それは彼女たちに対してあまりに不誠実のような気がして、無理やり彼女たちの顔が見える高さに目を固定する。

自分から彼女たちに正体を明かす事ができなかったのだ、せめて彼女たちが気持ちよく私に怒りをぶつけられるように。そう思って、せめて彼女たちにこの震えだけでも悟られないようにと、手をギュッと強く握りしめた。

だから次の一言は、予想だにしない切り込み方だった。

「自分があの家でしてきた事を『ただの自己満足だったのかもしれない』なんて、言ったらしいわねー」

驚いた。それを口にしたのはただ一度、ルステンさんに執務室で零したあの時だけだった。

あの場にいたのはダニエルとルステンさんの二人だけ。でもダニエルは、あの後もずっと私に張り付いていた。

じゃあ、これを伝えた人間は――。

ルステンさん、門番への根回しだけではなく、そんな事までしてくれていたのね。

目を伏せながらそう思い、一つ小さな笑みを零す。

彼には感謝しなければならない。きっと彼は私のために『この地に残していく未練と後悔を断ち切る機会』を、わざわざ作ってくれたのだろうから。

そんな今にどこか寂しさを感じているのは、あくまでも私自身の問題だ。

「皆さん、申し訳ありません。私はずっと皆さんを騙していた上に――」

「私たち、そんな話一つもしてないわー！」

リズリーさんからまるで子どもを叱るかのような声を浴びせられて、驚いた。思ってもみなかった反応に困惑して顔を上げれば、呆《あき》れ顔《がお》のロナさんと目が合った。

「あのねぇアリス、私たちは別に、そんな事でアリスに怒ってるんじゃないのよぉ？」

「え？」

「ここにいる全員、アリスにはとても感謝してるのよー？　なのに『ただの自己満足だったのかもしれない』ですって!?　何よソレー！」

「いや、えぇと」

「そうですよ。うちは最近、夜も家で娘と刺繍《ししゅう》をしながら『また明日、アリス先生の塾に行くの楽しみだね』って毎日話しているんです」

「うちだってぇ。それに、そんなふうに言われちゃったら、まるでうちの旦那の店を『助けなかった方がよかった』って言われてるみたいで、悲しくなるわぁ……」

「そ、そんな事は！」

そんなつもりはまったくなかった。ただ私は、私の行動のせいで彼女たちを政治ごとに巻き込んだかもしれない事が、本当に申し訳なかっただけだった。

だけどそれを伝えようとして、開きかけた口を閉じる。

私が自分のこれまでを否定する事は、彼女たちの気持ちどころか、彼女たちのこれまでの努力さえも否定する事になってしまうのではないか。そんな簡単な事に、今更ながらに思い至る。

「その、申し訳ありません。しかし私は本当にそんな事は……」

思っていない。そう続けたいのに、続かない。

彼女たちが怒るのも当たり前だ。そう思えば、視線は地面へと落ちてしまう。しかし。

「やぁねぇ、そんなのは分かってるわよぉ」

あっけらかんとしたロナさんの声に、気持ちごとグイッと上に引き上げられた。

いつものように手で空をペシリと叩きながら、彼女はハハハッと笑っている。

「悪気がなかった事くらい分かってる。事情はよく分からないけど、アリスが何かを一人で背負い込もうとしてるって事もねぇ。私たちにはお貴族様の世界なんてまるで分らないから、あまり簡単に『大丈夫』だなんて言えないけどさぁ、せっかく私たちの何かを背負ってくれるんなら、自分の行動に堂々と胸を張って背負ってほしいじゃない」

「そうですよ。誰が何と言おうと、私たちは『アリス先生がいてくれてよかった』と思っています。

当事者がそう思っている事を、絶対に忘れないでくださいね」

「皆さん……！」

声が震えて、思わず涙声になる。

彼女たち三人だけではない。駆けつけてくれた誰もが、私がしていた懸念を知って仕方がないとばかりに「バカねぇ」と言いたげな顔で笑ってくれている。

愛に溢《あふ》れたその微笑みに、どうしようもない温かみを感じた。感じれば感じるほど、目頭が熱くなる。そんな私を見かねたロナさんが「もぅアリスってば、なんて顔をしてるのよぉ」と言いながらまた笑った。

「まーでもいくらお貴族様でも、まだ十八歳なんだし……って、歳《とし》は本当なのよねー？」

「えぇ歳は」

「なら仕方ないわねぇ。この中じゃあ最年少だもの」

勝手に出てくる涙を拭いながらそう答えれば、リズリーが「歳まで負けてなくてよかったわー」と言い、ロナさんが「歳で勝って何がいいのよぉ」といつも通りの軽快なツッコミを入れた。

思わず私が笑みを漏らすと、ちょうど同タイミングでシーラさんもフフフッと笑う。

周りには、和やかな空気といつもの市井の家の中のような活気が、俄《にわ》かに戻ってきた。

私が誰であれ気にせず囃《はや》し立《た》ててくる彼女たちに、改めて自分が恵まれている事を痛感する。

しかしそんな時は、唐突に終わりを告げた。

「貴様、煩《うるさ》いぞ！　って、何だそいつらは！　さっさと乗れ、アリステリア・フォン・ヴァンフォート!!」

既に乗車済みだった前の馬車の窓がスパァンッと音を立てて開いたかと思ったら、怒りに満ちたノーガンが、中から顔を出していた。

声を盛大に荒らげる彼に、私はすっかり頭から抜けてしまっていた待ち人の存在を思い出す。

「申し訳ありません、すぐに乗ります」

「フンッ、王太子殿下の元婚約者が、殿下の使者である俺を待たせるな！」

私の謝罪を鼻で流して窓の向こうへ消えた彼から、生徒たちに視線を戻す。

「そろそろ行かなければなりません」

静かにそう口にすると、皆を代表するようにロナさんが一歩前に歩み出た。

「行ってらっしゃい。気を付けて帰っていらっしゃいよぉ？」

もちろん戻ってくるでしょう？　そう言いたげな彼女の言葉に、私は僅かに目を見開いた。

もう帰ってこないつもりでいた。領地のために、王都で頑張ろうと思っていた。

しかし彼女たちは、今も尚私を必要としてくれている。こちらを笑顔で見据えている彼女たちの表情が、たしかにそう言っていて。

私がすべき事は「彼女たちのため」と理由をつけて、王都で殿下を抑える事ではない。

私は強く、そう思った。

彼女たちが求めてくれるなら、私はここに戻ってきたい。そんな意思が強く芽生えた。

意思がちゃんと芽生えたなら、私はこれまでに自分が培ってきたすべてを使って、それを達成しなければならない。

あれだけ彼女たちに『諦めないための選択肢作りをしたい』と思っていた私自身が、その真髄を果たせなくてどうするのか。

気がつけば口元が綻んでいた。

先程までは心惹かれなかった王都行きも、目的意識が芽生えれば、これほどまでに楽しみに思えるのだから人間、不思議である。

「行ってきます。すぐに帰ってきますから、各々自習を怠らないようにしていてくださいね」

しっかりとそう伝えると、彼女たちも頷いてくれた。

「もっと教えてほしい事もあるから、なるべく早くねー」

「はい、最大限努力します」

「アリステリア様、クレーゼンの留守はお任せください」

「ルステンさん。えぇ、よろしくお願いします。そして——ありがとう」

横から言葉をそえてきた彼に、私はお礼の言葉を返した。

何についてかは言わなかった。しかし彼には伝わったのだろう。

「僕がした事なんて、アリステリア様がクレーゼンのためにしてくださった事と比べれば、本当に些細《ささい》な事ですから」

そう答えてくれた彼に微笑み、私は今度こそ馬車へと乗り込む。

せっかちな前の馬車がすぐに動き出し、追うように私が乗った馬車も滑り出した。

馬車の窓から、残していく方たちの顔が見える。

必ず帰る。領地にも領民にも迷惑をかけず、私の罪の疑いもしっかりと晴らして。改めてそう、自分に誓う。

……いや、せっかく王都に行くのだ。どうせならクレーゼンのためになるようなお土産を、持って帰ってこられれば。

身分を隠していた私をそれでも尚温かく迎えてくれるこの土地の方たちが、もっと人生の選択肢を広げ、伸び伸びと自分のやりたい事をできるようにするために。そう思えば、争い事があまり好きではない私にも、頑張る意味というものが生まれる。

王都に着くまで、あと一月。

どうせ長い馬車の旅だ、作戦を立てる時間はいくらでもある。

第七章 クレーゼン領主・アリステリアの戦場

王都まで、普通に行けば片道で一月ほどはかかる道のりを、結局三週間ほどで駆け抜けた。

すべてはノーガンの無理な進行を、誰も止められなかったからである。

一応騎士たちが「あまり急ぐとノーガンさんもしんどいのでは」と、やんわりと進行を遅らせる進言があったようだけど、ノーガン自身が頑として「一分、一秒も早くとの、王太子殿下からのお言葉だ」と言って譲らなかった。

殿下を引き合いに出されてしまえば、それ以上言うのも難しい。

お陰で私はともかくとして、騎馬上で馬車の護衛任務に当たっていた騎士たちは、長時間の周囲への警戒に、最後の方は体力も神経もかなりすり減らしていたように思う。

ダニエルが「気の毒に」と密《ひそ》かに彼らに向かって拝んでいたけど、私も「本当にお疲れ様だな」と、少しばかり不憫《ふびん》に思った。


そうして王都に辿《たど》り着《つ》いたのが、昨日。そして今日、早速王族への謁見だ。

元々の謁見予定から一週間ほど前倒ししたにも拘《かかわ》らず、列席者もとい傍聴人は、結構たくさん集まっていた。

それだけで、王太子殿下が王都でどれだけ私の法律破りを広めたのか、周りの方たちの私に対する関心の度合いが、よく分かる。

しかしそんな状況であっても、私の心は穏やかだった。

心は決まり、すべき事は既に目の前にある。むしろこれからする話は、なるべく多くの方たちに聞いてもらいたいと思えば、尚《なお》の事だ。

「――面を上げよ」

投げかけられた厳かな号令の通りに視線を上げると、まるで跪《ひざまず》いた私の視線を誘導でもするかのように、まっすぐに伸びたレッドカーペットの先に立派な玉座が一つあった。

そこに座る壮年の男性は、王都を離れた半年前と変わらぬ、一国の王の威厳を持ち合わせていた。

彼は何も口にしない。しかしその目には、戻ってきた私への労《ねぎら》いを感じる。

将来私の義理の父となったかもしれないその方は、昔から清廉で公平な方だった。

聞く耳を持っている方で、それは王都に到着した昨日から一晩、国家反逆の疑いがある私を目に見えて拘束しなかったところからも、よく分かる。

おそらく今王族の一員としてここに居合わせている王太子殿下やその周辺から、そうするように進言を装った要求があっただろうに、それでも揺るがず堂々としているその姿には、尊敬の念を抱かざるを得ない。

そんな国王陛下にだからこそ、私も考えてきた作戦が実行できる。

「アリステリア・フォン・ヴァンフォート、君が第七条四項『国家的な知識と経験の流布の禁止』に違反する行為をしていると聞いた。これは事実か」

まっすぐにされた質問に、参列している傍聴者たちが密かに息を呑《の》んだのが分かった。

我が家は貴族では最上位、王族の次にこの国で強い権限を持っている幾つかの公爵家の中でも、私が政略結婚で婚約者に選ばれるくらいには、影響力を認められている家だ。

その両者が今『国家反逆の疑い』という名の緊張状態にある。この後私が返す答えによっては、国の将来を左右するような大事にもなりかねない。となれば、彼らの気持ちも分からなくはない。

そんな彼らに、私は少し酷な事をする。

「『国家的な知識と経験』がどのような規模のものを指しているのかは分かりませんが、現在我がクレーゼン領では市井《しせい》の方たちに対して、彼女たちの生活に有用な知識の提供を一部しています」

国王陛下に倣って、私も背筋をピンと伸ばして堂々と答えた。

周りは「やはり法律違反は事実だったか」と、俄《にわ》かに騒《ざわ》めいた。王太子殿下は、おそらく自分の立てた予定が思いの外スムーズにいって、嬉《うれ》しいのだろう。ほくそ笑みの欠片《かけら》を口の端に覗《のぞ》かせている。

「その肯定は国家反逆の疑いを掛けられても仕方がない物言いだが、それを分かった上で頷《うなず》いたのであろうな？」

重々しい国王陛下の声が、浮足立った場の空気をすぐさま沈静化させた。

陛下にそう思われても仕方がない言い方をした自覚はある。しかし、「調べれば分かるような事実は、最初から隠さない」「第一声で彼らの期待と不安を最大限操る」。これこそ私が王妃教育の中で学んだ演説技術の一端だ。

事態が順調に進行している証拠に、誰もが私の次の言葉を、耳を澄まして待っている。

「私に国家反逆の意思は、微塵《みじん》もありません。むしろ件《くだん》の新条項の存在こそが、私には国家を衰退させる意思のように思えてなりません」

「なっ!?」

微笑を浮かべつつそう言った私に周囲が騒めき、王太子殿下が目を丸くする。

国の法を否定する事は、それこそ法を制定している王族への冒瀆《ぼうとく》に近い。まさか私がそんな事を言うとは思わなかったのだろう。

実際に、当初はここまで法を強く否定するつもりなどなかった。

人質に取られているも同然のクレーゼン領とそこに住む領民たちを思って、自らの法律違反の弁解はしながらも、事を穏便に済ませる予定だった。

しかしその考えは変わった。

「王族に異を唱えるのか」

「たとえ結果的にそうなってしまったとしても、私はこの国に住まう貴族であり、今はクレーゼンの領主です。領地や国のために私にできる事があるのに、見て見ぬふりでただ漫然と国家や王族におもねるような事はできません」

たとえ殿下が私の執務能力を欲していても、たとえ誰かから「私が殿下の側《そば》にいる事こそが、国にとっての最善だ」と言われたとしても、私にはもうやりたい事ができたのだ。そのためになら、このくらいの危険くらい冒せる。

「つまりこれは、国のためになる忠言だという事か」

「はい。国王陛下は日夜、国のために忙しくしておられる身。国全体を見渡す必要がある故に、細かなところには目の届かない事もあると存じます。ですから今回、国王陛下の目となるべく、王城へと舞い戻りました」

無知は人に、選べるものを絞らせる。それは何も市井の方たちに限った話ではない。

立場によって、見えるものが違うのは当たり前。国王陛下のような立場では、どうしても国民一人一人の顔を見る事はできない。

時にはそうであればこそ、国にとっての大きな決断をできる局面もあるだろう。

国王陛下ご自身が様々な事を考慮した結果、今回の条文追加に至ったのだという事ももちろん分かっている。しかしだからこそ、正面から伝えるべきだと判断した。

「話してみよ、アリステリア」

「ありがとうございます、陛下。それでは——国王陛下は、この国の日々の暮らしを支えているものは何だと思っておられますか？」

「王族や貴族の存在だ。私たちはそうあるべくして知識や教養を積み、それを国のために発揮する義務がある。我々がその存在意義の上に胡坐《あぐら》をかかず日々邁進《まいしん》しているからこそ、国が正常に動いているのだとも、そうあるべきだとも思っている」

流石《さすが》は陛下。スラスラと出てきた彼の答えは、実に責任感と自身のプライドに素直なものだった。

そしてたしかに、こういう気概を持つ方がいるからこそ、日々の国営はつつがなく進行しているのだろう。しかしそれがすべてでもない。

「たしかに私たちは上に立つ者として必要な知識と教養を身につけ、それを活《い》かす事で国を支え続ける事ができていると言えるでしょう。しかし国営の運転資金となる税金は、もとを正せば市井の方たちの稼ぎの一部です。彼らなくして国は成り立たないとも考えられる筈《はず》です」

「それが一体君が平民に物を教える事と、どう関係がある？　貴族や王族には『上に立つ者だから、こそ、知識や教養が必要』なのだ。平民には必要ないだろう」

横から王太子殿下が、急に言葉を割り込ませてきた。

チラリと国王陛下を見れば、一旦静観する構えのようだ。「父子《おやこ》とはいえ、公の場でこの国の最高権力者に対する横やりはあまりよろしくないものの、彼の疑問に私がどう答えるのかには大いに興味がある」といったふうである。

なら私も予定通り話を続けよう。

「たしかに王族や貴族に必要な知識は、市井の方たちにとっては必要のないものも多いでしょう。実際に、貴族としての所作や社交界の常識、国の内部事情などは、彼らの日々には不要です。しかしそれは、彼らに知識それ自体が不要だという事と同義ではありません。私は彼らに、彼らの生活に役立つ知識を供与しています。もし新条項がこれを阻害するとしたら、それは国力の増強を阻害する事にも等しいと考えます」

「もし本当に平民には平民に必要な知識が存在するのだとして、何故《なぜ》平民の無知が国力の増強の阻害に繋《つな》がるんだ。アリステリア、自分が罪に問われるかもしれないからといって、苦し紛れに道理の通らない事をこの場で口にするのはよくない」

私を心配するような言葉の裏に「早く降参したらどうだ」という殿下の促しを感じた。しかし私は従わない。そもそも道理は存在する。

「知識を供与する事で、市井の方たちの暮らしが改善されます。彼らの生産性が上がり懐が潤えば、収める税も必然的に上がるでしょう。王城の財政の潤いは、国力の増強に直結します」

これについては、国のお金の巡りがそうである以上、誰も否定する事はできない。だからこそ、方々からは「我々が平民に生かされているとでも言いたいのか」という少々論点のずれた反論が、コソコソと漏れ聞こえてきているのだろうと思う。

しかしその意見に関しては、どちらが上かという話は意味がない。

「税を納める市井の方たちと、彼らの暮らしを守る我々。どちらが欠けても国が成り立たない以上、どちらか一方が一方的に生かされているという事はあり得ません」

「法のもと、平民を正しく管理・監督する事こそ、我々の行うべき事だ。君がすべきは、平民に自分の知識を漏らす事ではない。そもそも生活上の知恵ならば、先祖から伝え聞いているだろう。それでうまくいっているのだから、貴族や王族が関知する意味もない」

私の言葉に王太子殿下は、まるで王族教育上のテンプレートをなぞったような答えを返してきた。

彼の言う通り、長らくそうやってこの国が存続してきたのは事実だ。しかしそれは「いつまでも変わる必要がない」という事と同義ではない。

「実は私、ここ半年間ほど実際に、市井の生活というものをしてみたのです。市井での友人もできました。様々な生の声を聞きました。その結果私が知ったのは、彼らの世界には『知識がない事により、諦めてしまっている幸せ』があまりに多いという事でした」

うまくいっているというのは、幻想だ。

もちろん、既にどこかでは確立されている仕組みや道理を、知識がまったくない状態から模索し手に入れ、引継いでいくという従来の方法が、まったくの無益だとは思わない。

しかしその教訓を得るために消費した時間は、決して戻ってきたりしない。そして彼らは、知っても意味のない知識をやみくもに探せるほど、暇な毎日を送っている訳でもない。

結果として、無知は無知のまま仕方がないと、問題ごと捨て置く事が増える。それこそロナさんやシーラさんの件のように。

「知る事で、彼らの生活は向上します。そうすれば生産性は上がり、納税額も増えるでしょう。そうなれば、国だけではなく市井の方たちの懐も潤い、生活にゆとりが生まれます。自《おの》ずと幸福度が上がり、愛国心も育つでしょう」

「そんなもの――」

殿下が何かを言おうとしたところで、国王陛下がスッと手を上げた。

明らかな静止の合図だった。この場の最高権力者は国王陛下である。公の場ともなれば、殿下も王太子の外面を外せない。

「つまり平民に知識を与える事は国内に好循環を生む、と？」

私をまっすぐに見据えた国王陛下にそう聞かれたので、深く頷きながら「その通りです」と答える。

「しかし現状、彼らには学ぶ機会が非常に少ないのです」

「その場をそなたが提供している、というのだな。しかしそれは、少なくとも現時点では法に抵触する可能性がある行いだ」

「その件について、もし弁解を赦《ゆる》していただけるのでしたら、一つだけ」

「申してみよ」

「件の法に新条項が追加されたのは、私がこの活動を始めた後であり、王城からの使者が到着した段階では、我がクレーゼンにはまだ知らせが届く前でした。対処が難しい状況だったのです」

実際にはそうなるように手配した何者かがいたのだけど、今ここでその話を持ち出すと、それこそ王族と事を構える事にもなりかねない。だからその辺はぼかしつつ、今は必要な事だけを言う。

私の言葉を噛《か》み砕き、国王陛下は少し考えるそぶりを見せる。

「たしかに必要な知識を平民に提供する事で、一定の税収という成果は見込めるかもしれぬ。が、知識を供与する事によって発生する懸念も、私はきちんと見据えなければならない。そのために、幾つか疑問を投げさせてほしいのだが」

それはまさに私の言葉に、国王陛下が理解を示してくれた瞬間だった。

しかしその一方で、これから始まるのは、私への審問でもある。

彼は彼で市井の方たちに知識供与をする事へのリスクを考えた結果、この条項を追加したのだ。法を改定するか否《いな》かは、慎重に見極めたいと思うのは、至極当たり前である。

「もちろんです。何なりと疑問をお寄せください」

私がそう言い頭《こうべ》を垂れると、国王陛下は「うむ」と頷いて、おもむろに口を開く。

「教育にはすべからく金がかかる。生まれながらの身分的優位性を度外視すれば、平民に教育が行き届かない大きな原因はそれだろう。教師に金銭を支払わない訳にはいかないが、ない袖は振れない。これについてはどう考える」

「国王陛下の懸念は尤《もっと》もだと思います。しかし教師を雇う金銭が高いのは、一対一という指導形式であればこそ。たとえば一人の教師が同じ拘束時間で一度に十人の生徒を見れば、一人頭の受講料負担は自ずと下げる事が可能です」

「そのような事が可能なのか」

「はい。それぞれに自習形式で勉強をさせ、分からない箇所を質問させる形式や、同じ進度で勉強を行うなどの工夫は必要ですが」

今世で行われる教育は基本的に、マンツーマンの個人指導だ。前世で言うところの塾や学校は存在しないし、一つの教室に教師を一人か二人配置して同じ進度で授業を行うような試みも、おそらくない。

しかし私は市井の方たちには、金銭面の問題を除いても、教室授業の方が合っていると思っている。

「一対一の個別指導は、みっちりと勉強をする事ができる反面、勉強の習慣がなく貴族ほど必要に迫られてもいない場合、あまりに窮屈で学習意欲を損う可能性もあります」

「監視されているも同然に思える、という事か」

「その通りです。特に教師は、教えた生徒の成績がそのまま自分への評価に繋がる傾向がありますから、どうしても熱が入ってしまうかと。それよりは、生徒同士で計算の早さを自発的に競わせたりする事ができる一対他の授業の方が、彼らにはちょうどいい塩梅《あんばい》になると考えております」

何事も、必要なところに見合った労力を配置する事で最高の効果を発揮する。

実際に彼女たちの日々の悩みをすぐ近くで見聞きしたり、ロナさんとリズリーさんが切磋琢磨《せっさたくま》しながら計算速度を上げたりしているのを見てきた私としては、少なくとも今の市井の人々には、一対他の形がちょうどいい。

「たしかに我々とは生活も感覚も異なる平民にとっては、そのような形式の方が勉強にも身が入るかもしれぬ。しかし彼らには、そもそも学びの習慣がないだろう？　そのようにこちらが考えたところで、きちんと身になるものなのか」

「それについては我が領地で、既にごく小規模ながら成果が出始めています。昨日、今日の参考資料として国王陛下宛てに報告書を提出しました。そちらをご覧いただければ、分かっていただけると確信しております」

そんな私の言葉に合わせて、宰相閣下が国王陛下の隣へスッと立った。

その手には数枚の紙、私が昨日王都に到着してからしたためた報告書だ。

ロナさんやシーラさんの件以外にも、他の生徒の目標や現在の勉強の進行状況などを記載している。

それらに軽く目を通し、彼は「ふむ」と頷いた。

「教育は、平民にも一定の需要があるのだな」

「日々の暮らしに役立つ内容に対しては、意欲を持って学んでいます。もちろん人によって差はありますが、中には学ぶうちに勉強する事自体に楽しさを見出《みいだ》し、より熱心になった者もいます。そうして勉強した結果、領地や国の景気向上に繋がるのであれば、我々貴族や王族がこの件に注力して損をする、という事もないと考えます」

もちろん成果を出すためには、教え方に少なからず工夫が必要だろう。しかしそれこそ教師の腕の見せ所だ。

「上の者が下の者を管理して、下の者は考える事を放棄し上の者に任せっぱなしにする。それではいつまでも発展は見込めません。貴族は領地の発展のために、領地と領民に一定の投資をします。それと同じく『教育にも投資が必要だ』と、私は考えます」

誰かに頼る事がいけない訳ではない。ただ、自分の事は自分の意思で決定する事ができる。それを知り、なるべく多くの選択肢の中から自分にとっての最善を選ぶためには、やはり知識が必要だ。

それが、私がこの半年強やってきた中で出した答えだった。

「では、これが最後の問いだ。――平民が知識を得た結果、貴族や王族に逆らうべく立ち上がる危険分子が現れるかもしれない。私はそれを危惧したエストエッジに一定の理解を示し、この条項案を通す決断をした。これについて、アリステリア・フォン・ヴァンフォートはどう考える？」

会場中の全員の目が、私に注目しているのが分かった。

国王陛下のこの問いを聞いた王太子殿下は、先程までの問答の間に浮かべていた焦りを表情から消し、代わりに自信ありげなうすら笑いを浮かべている。

「国王陛下の懸念はご尤もです。市井の方たちに知識を与えれば、それだけ彼らは得た知識のもと、様々な事を考える機会が増えるでしょう。その結果、領地経営における貴族の知的優位を、損なう事もあると思います。そうなれば、今までよりも領地管理の難易度は上がるでしょう。もし彼らの期待に応えられなくなった時には、今正に国王陛下が危惧している『危険分子との武力闘争』も起き得ると私も思います」

　実際に前世でも、各々の思想のぶつかり合いが争いに発展する事はあった。歴史上では平民に与える知識や情報を制限する事で、考えるための材料を与えない政策を取った国もある。

　もし現状維持を望むのならば、それも一つの手だと思う。

「しかし」

　それではあまりにももったいない。危険が存在しているからと最初から諦めてかかるのは、市井の方たちだけではない、国の未来の可能性をも、摘み取ってしまう行為だと思う。

「幸いにも国王陛下は、既にそのような危惧を持たれています。起きる可能性を知っていればこそ、できる対策もあるでしょう」

　たとえば、あらかじめ市井の人々の気持ちを汲《く》み上げる仕組みを作っておく。不満や要望が出てきた時に、邪険にせず最善を探す気概を持っておく。知識があればこそ、闘争を話し合いで解決できる場を設けるなど。

　そうすれば、私たちはより高い水準で国のための話ができるようになり、それが強い国づくりにも繋がる。

「しかし、市井の方たちに教育を施すだなんて、前代未聞。すぐに物事を決定できない国王陛下のお立場も、私は理解しているつもりです」

何もかもをすんなり決定しないのは、それだけ「国の事を容易に決定する事はできない」という彼の責任感の結果だとも言える。そうでなければ、一国の王など務まらないだろうとも思う。

だから。

「国王陛下、私に先陣を切らせていただきたいのです。我がクレーゼン領を一時的な教育特区とする事で、この試みがうまくいくか否かを吟味する材料としていただけないでしょうか」

背筋を伸ばし、まっすぐに国王陛下の目を見据え、私はそう提案した。

周囲が大きく騒めいている。

法律自体に異議を唱えるだけでなく、自らの行いを特別に認めさせようというのだ。こんな反応をされても仕方がない。

「存在しない道を切り開く……。そなたの祖父と同じ道を行くか」

呟《つぶや》くような国王陛下の声に、私は少し考える。

たしかに最初はお祖父様《じいさま》に憧れて、その軌跡を辿るように私もクレーゼンで過ごす事を決めた。誰かに教える事についても、お祖父様の言葉でもあった『領民のために自分ができる事』を探した事から始まった。

しかしそれは、お祖父様に倣う事自体に重要性を見出した結果ではない。

お祖父様の事はもちろん尊敬しているけど、今も別にお祖父様と同じ道へ行きたいと思っている訳ではない。

私が自立を尊ぶのと同じように、自立を求めている方たちがきちんとその道を選べるように、選択肢を作る事。それこそが、今の私のすべき事。異なる世界の記憶を持っている、私にだからこそできる事だと思うから。

「私は、私の領民が幸福になれる方法を見つけました。今の私の手の中には、それを成す機会と、それを可能にできる力があります。ならば最大限手を伸ばす事こそが、領主の義務であり誇りであると私は自負しています」

「そうか」

私の言葉に納得したのか、彼は目を伏せながらそう言い、小さく笑った。

「アリステリアの意見は分かった。今回の件、君の『そもそも法が定まる前からの活動であり、反逆の意思はなかった』という証言の件も含めて、改めて吟味する事とする。が」

そこまで言うと、彼は一度言葉を切り、柔らかな目を向けてきた。

「やりたい事もその有用性も、よく分かった。まずは一区画のみで試しをしてみるという案も、実現性があるよいものだ。……いい結果になる事を待っていなさい」

「温情に、感謝いたします」

国王陛下の言葉に、私は臣下の礼をもって答える。

調べれば、少なくとも私が『法を意図的に犯した』という濡《ぬ》れ衣《ぎぬ》は完全に晴れるだろう。

あとは国王陛下がどんな判断を下すかだが、先程の陛下の言及は、内示とも取れる言葉だった。心配の必要はなさそうだ。

周りには、感嘆と動揺の入り交じった騒めきが広がっていく。しかし彼らは、おそらく「協力はせずとも静観する」というスタンスを取るだろう。

お祖父様の新しい事を試みた前例は、正しく彼らの経験にもなっているのだ。

彼らはきちんと知っている。先駆者が耕した道の上を歩く事が、最もリスクなく利を得る事ができる道だという事を。

しかし完全な第三者ではない者——とりわけ、この件に思惑を巡らせていた方にとっては、この結果は納得できなかったようだ。

視界の端に、ギリッと奥歯を噛《か》み締《し》める王太子殿下の姿があった。

「これでは、取り込む事ができないではないか」

声は聞こえなかった。しかし彼の口が、そう動いたように私の目には見えた。

◆◆◆

父上に頭を垂れるアリステリアを見ながら、私は強く奥歯を噛み締めた。

目の前で見せられている光景は、私の敗北を意味している。

罪には問われないまでも、アリステリアからクレーゼンの統治権を剥奪《はくだつ》し、罪を犯した疑いで周りからの冷たい目に晒《さら》されるように仕向ける作戦は、失敗した。

すべてはアリステリアの優秀さへの敗北だった。彼女は私が突き付けた逆境を逆に利用し、父上に法制定の再考をさせるにまで至った。

それほどまでの能力があればこそ、王太子の婚約者に選ばれたのだという事は重々承知だ。

しかしそれにしたって、これはあまりにも出来すぎている。せっかく費やした時間と思考が、すべて無駄になったも同然だ。それは私が彼女に劣っている事を、明確に浮き彫りにもしていて。

未《いま》だに解消される目処《めど》が立たない執務の滞りが、私をひどく苛立《いらだ》たせる。これまで辛《かろ》うじてできていた我慢が、ついに限界を迎えた。

今すぐこの状況から逃れたい。そんな一心だった私は、気がつけば謁見の間を出て、ある場所へと足を向けていた。

謁見の間から出てくる貴族が、必ず通る廊下の曲がり道。そこに、凛《りん》と背筋を伸ばして歩く金色の髪の淑女を見つけた。

「アリステリア！」

反射的に声をかけると、振り返った彼女の瞳に、私の姿が映り込む。

先程遠目に見た時も思ったが、平民として暮らしていただなんて思えないくらいに、彼女の姿は変わらない……いや、綺麗《きれい》になっている節さえある。

完璧で美しく、穏やかな令嬢。周りにチラホラと人の目があるが、そんな事など気にならないくらいには、うっかりと見惚《みと》れてしまった。

彼女自身は、呼び止められた事に少し驚いたようではあったが、それもすぐに引っ込める。

「いかがしましたか？　王太子殿下」

メイドと騎士を一人ずつ従えた彼女は、余所行《よそゆ》きの微笑《ほほえ》みを浮かべてそう聞いてきた。

「私にはもう、心からの笑顔さえ見せる価値がないか」

「特段笑顔を惜しんでいるつもりはありませんが……」

思わずムッとしながら聞けば、そんな答えが返ってきた。

そうだろうな、と思った。

彼女はいつも無意識のうちに、他人の前では『公爵令嬢・アリステリア』の皮を被《かぶ》る。相手に失礼のないようにするための、それこそ社交辞令としては最低限の猫かぶり。しかし以前は、少なくとも私を前にして、そのような――その他大勢に向けるような綺麗な微笑みなど湛《たた》えてはいなかった。

自分から捨てたものが少し惜しくなって、そう思った自分を自覚し、唇を噛む。

王太子・エストエッジとしてのプライドが、これ以上その感情を表に出すことを許さない。

「それで、何か私にご用でしょうか」

彼女の物言いは、さも「用事がないのなら行きますが」と言っているかのようだった。

たしかに彼女からしたら、私は元婚約者。自分を捨てた相手である。今更長話をする理由もないと思っているのかもしれないが、私は王太子なのだ。こういう時、今までだったら気を利かせて、あちらから話を膨らませてきていたのに、もう私にはそんな労力を割く必要もないという事なのかと思えば、更に苛立ちは募る。

それでもせっかく呼び止めたのだ、目的を達成できなければただの苛立ち損である。むかつきを呑み込み笑顔を作り、なるべく優しげな声を心がける。

「あの田舎《いなか》では、そろそろ不便を感じているだろう。王城に帰ってきたいのなら、場所を空ける用意がある」

今日のためにしてきた準備はほとんど実を結ばなかったが、結果として彼女は今、ここにいる。最低限の要件を満たしたと言っていい。

うまく言えば、彼女を引き込む芽はまだある。おそらく彼女は自分が今『王太子に婚約破棄をされた傷もの』として社交界で敬遠されている事など、もう知っているに違いない。ここで私のこの提案に乗れば、周りは「婚約者としては不足でも、臣下としては有用だった」と認識し、彼女の利にも繋がる筈だ。

何ならそう触れ回ってもいい。そのくらい、王太子であれば造作もない。

それに、あの田舎の領地と領民が私の手の届く範囲にある事は変わらないのだ。

領地一つくらい、どうにかしようと思えばいつでもできる。この人質の存在に、彼女が気付いていない筈もない。

お優しいアリステリアの事だ、気がついていて領地と領民を突き放す事などできる訳がない。問題はない。そう無理やりに言い聞かせながら、私はなけなしの余裕を装った。

しかし彼女は、思い通りに動かない。

「特に不便には感じていません」

「なっ、し、しかし、王都の方が快適だろう？」

「売り物や食べ物以外には、それ程変わりはありません」

「今までと違う環境に身を置き、そろそろ憂鬱になってきたのではないか？　ほら両親だって、王都にいて会えもしないのだし」

「ご心配には及びません。両親から独り立ちする歳《とし》はとうに迎えていますし、王都にいた時だって、王妃教育と執務に忙しくて、ほぼ王城で暮らしていたようなものだったではありませんか」

そうだったか。覚えていない。そうだったかもしれない。

まるで首を縦に振る気配のないアリステリアに、私はだんだんと苛立ち始めていた。

せっかくこちらが下手に出てやっているのに、歯牙にもかけない。素っ気ない。

なるほど、このいけ好かないのが彼女の本性だったという訳か。やはり私に癒やしを与える事ができるのは、サラディーナだけという訳だ。

内心でそんなふうに毒づいていると、周りの騒がしさが増してきた。

謁見の間から出てきた貴族たちが、あちらからゾロゾロとやってきている。ここは普通の廊下のまん中だ。勧誘に成功している分には、目撃者が多いのはいいが、今の状況は周りに『打診をするも、にべもなくあしらわれる王太子』という印象を与えるだろう。


せめて場所を移動せねば。

咄嗟《とっさ》にそう思い、彼女の肩に手を伸ばす。


「ここは人目も多い。詳しくは、移動してから話をしよう」

「いえ、私は──」

「アリステリアには、これまでの私に対する功に報いて『第一側妃という立場』と『私とサラディーナの治世を支える、実に名誉ある役目』を確約するから」

言いながら、彼女の細い手首を摑《つか》んだ。

これだけの好条件だ。とりあえずは話を聞く気になっただろう。とりあえず手ごろな部屋で──。


瞬間、視界がグルンと回転した。

体はふわりと宙を舞い、次いで背に息が詰まるような衝撃が走る。

何が起きたのか、まったく分からなかった。

ただ意識が飛ぶ直前に、アリステリアの「殿下が急に手首を摑むものだから、つい反射で背負い投げを……って、殿下？　もしかして気を失って？　ちゃんと腕は引っ張ったから、頭は打ってない筈なのですが」という、困惑した声が聞こえた気がした。

そして次に目が覚めた時、もう彼女は王城にいなかった。

既に父上から「今回の件の不問と、クレーゼン領における『塾』の正式な運用許可」を貰《もら》った彼女は、早々に城を発《た》ったらしい。

何故彼女を王太子への暴行で捕らえなかったのかと聞けば、あの場には『婚約者でもない私が、嫌がる女性に無理やり触れる現場を目撃した人』が多くおり、アリステリアが「女性に倒された事が公になれば殿下の醜聞になるだろうから、今回の事はお互いに不問。何もなかった事に」と言い、父上がそれに頷いたからだという事だった。

エピローグ　そしてまた一人

クレーゼン領の市井《しせい》の一角にある木造庭付きの家には、日々たくさんの方たちが訪れる。

すっかり自分の家のように出入りしているロナさんやリズリーさん、最近は体調もよく、娘さんと仲良く一緒に飾り刺繍《ししゅう》を習いに来るシーラさん。

他にもたくさん。それぞれの事情とやりたい事を携えた面々が時間を共有し、勉強をしている。

「しかしアリスって、本当にすごい人だったのねぇ。まさか王都で国王陛下に謁見して、直接この塾の存続許可を貰《もら》ってくるなんて」

「きちんと手順を踏みさえすれば、国王陛下にお会いする事自体は、そう難しくもないですよ？」

感心したようなロナさんの声に、手元にある答案の丸付けをしながら、私は思わず苦笑する。

芋づる式に思い出したのは、先日の王都行きで謁見終わりにやらかしてしまった、ちょっとした事故。つい反射で王太子殿下を背負い投げしてしまった件である。

もし彼女たちがそれを知ったら、きっと今以上に驚くだろう。私だって驚いたのだから、間違いない。まさか、前世では結局役に立たなかった護身術の有用性が、あんなところで証明されるとは、と。

突然殿下が私の腕を強く掴《つか》んだのが悪いとはいえ、王族相手に実力行使して何の罪にも問われなかったのは、かなりの幸運だったと思う。

先日の殿下は、目も血走っていて怖かった。護身術の使いどころ自体を間違ったとは思わないけど、あの場にはダニエルもいたのだ。

彼に任せる道もあったし、実際に彼からも後で笑いながら「どこで学んだのか分からないアリステリア様の護身術のすごさはもちろん知っていますが、公爵令嬢である場所でくらい、俺に見せ場を譲ってくださいよ」と言われてしまった。

どこからかバレてしまったようで、先日また定期報告に来てくれたルステンさんからは、開口一番で「まさか成人男性を投げ飛ばされるとは」と言われてしまいもした。

新事業の進捗はどうやら順調なようなので、心配事がないからこそのあの第一声ではあったのだろうけど、それにしたって何よりもまずそんな言葉が出てくる辺り、彼も相当驚いたのだろう。

私はその時改めて「次は絶対にダニエルにお任せしよう」と、肝に銘じた。

「『手順を踏めば国王陛下にお会いするのも難しくない』だなんてサラリと言えちゃう辺りが、お貴族様よねぇ」

「普段こうして物を教えてもらってる分には、そんな事思わないんだけどねー」

ロナさんにリズリーさんも同調し、シーラさんがコロコロと笑う。

彼女たちに萎縮して勉強効率が悪くなってしまっては元も子もないので、私自身、普段は貴族らしいところは見せないように気を付けている。リズリーさんの「普段は貴族だとかは思わない」という言葉は、嬉《うれ》しい褒め言葉だ。

しかしそれは、彼女たちを始めとする生徒たちが、私を『ただのアリス』として認識し扱ってくれるお陰でもある。彼女たちが今まで通り接してくれている事は、とても助かっているし、純粋に嬉しい。

コンコンコン。

扉をノックする音がした。

「すみません。『メティア塾』って、ここですか……？」

扉の向こうから聞こえてきたのは、少し不安げな女性の声だ。私が「はい。どうぞ」と答えると、ゆっくりと扉が開く。

そこに立っていたのは、見るからに緊張した面持ちの若い女性だった。

歳《とし》は私と同じくらいだろうか。おずおずと「悩みを解決してくれる場所だと聞いて」と言いながらこちらの様子を窺《うかが》ってくる。

「新規の生徒候補ねぇ？」

「そんな所に立ってないでこっちこっち、入ってきてー」

新たな仲間の到来に、ロナさんが目を輝かせ、リズリーさんが手招きをする。

彼女は促されるままに、おずおずと入ってきて二人によって席に座らされた。

「厳密に言えば、私が悩みを解決する訳ではありません」

「え？」

彼女の前にフーが紅茶を置いたのを見計らって、私は先程の質問に答えた。

「ここは必要に応じて知識を供与し、貴女《あなた》の問題解決のお手伝いをする場所。知りたい事を知るために勉強をする場所です」

「べんきょう……」

彼女は困惑顔になる。勉強と言われても、あまりピンと来ないのだろう。

勉強する習慣がない市井の人たちには、こういう顔をされるのもそう珍しい事ではない。私も実際に何人もそういう顔をする人を見たし、ロナさんたちに至っては、そういう人を迎え入れる事に最近はもう慣れてきている程だ。

「そんなに難しく考えなくってもいいわよぉ。たとえば私は最初、旦那の店の赤字をどうにかしたくて、アリスに帳簿の見方を教えてもらったわ。今もどうしたら繁盛するか、アリスに相談に乗ってもらったりしてるのよぉ。隣のシーラは、裁縫よねぇ？」

「はい。体が弱い私でもできる事としてオススメしていただいて。アリス先生のお陰で、売り物になるくらい上達しました。最初はハンカチへの刺繍だけでしたが、最近は縫い付けるだけでどんな小物にも刺繍をつける事ができる『ワッペン』というものを作る練習中です」

その言葉の通り、シーラさんの手元にあるのは、まだ作りかけのワッペンだ。

ワッペンは普通の刺繍とは違い、その体裁を保つために布の外枠を縁取るように縫う必要もある。普通の刺繍より少し手間がかかるけど、彼女は持ち前の粘り強さで、もう習得しつつある。

「つまりここは、それぞれの目的に合わせた戦果を挙げるためのサポートを、アリスがしてくれる場所っていう訳ー」

「でもアリスって変なところで頑固だから、『知りたい』『やってみたい』っていう本人の意思表示がないと、ただニコニコしてるだけだけどねぇ」

「そのために皆、まずは相談からするのよー」

ケタケタと笑うリズリーさんに、空をペチンと叩《たた》きながら笑っているロナさん。そんな二人の説明のお陰で、お客さんの緊張も幾分か解けてきたように見える。

「彼女たちの言う通り、そう難しく考える必要も、肩肘を張る必要もありません。大切なのは、貴女が何に困っていて、それを本当に解決したいと思っているかという事。それらを共有してくださ␣ければ、私も最大限、貴女の助けになりましょう」

そうやって、少しずつ皆のできる事を増やしていく。そうすれば、その方の人生の選択肢もきっと増やす事もできると思うから。

「聞かせてください。貴女は何にお困りですか？」

そう告げて、彼女をまっすぐに見据える。

一瞬目を泳がせ、彼女は幾らか逡巡《しゅんじゅん》したようだった。しかしすぐに意を決したような、強い瞳へと転じる。

「実は私――」

こうしてまた一人、新しい生徒が自分のための、初めの一歩を踏み出した。

転生令嬢アリステリアは今度こそ自立して楽しく生きる
~街に出てこっそり知識供与を始めました~

転《てん》生《せい》令《れい》嬢《じょう》アリステリアは今《こん》度《ど》こそ自《じ》立《りつ》して楽《たの》しく生《い》きる ～街《まち》に出《で》てこっそり知《ち》識《しき》供《きょう》与《よ》を始《はじ》めました～ 1

2024年1月25日　初版第一刷発行

著者　野菜ばたけ
発行者　山下直久
発行　株式会社KADOKAWA
〒102-8177　東京都千代田区富士見2-13-3
0570-002-301（ナビダイヤル）
印刷・製本　株式会社広済堂ネクスト
ISBN 978-4-04-683163-7 C0093

担当編集　並木勇樹／小島譲
ブックデザイン　タドコロユイ＋モンマ蚕（ムシカゴグラフィクス）
デザインフォーマット　AFTERGLOW
イラスト　風ことら

本書は、2022年に魔法のiらんどで実施された「魔法のiらんど大賞2022」小説大賞で異世界ファンタジー部門特別賞を受賞した「転生令嬢・アリステリアは今度こそ文句を言わせない。　～平民街で、知識供与をはじめます～」を加筆修正したものです。
この作品はフィクションです。実在の人物・団体・事件・地名・名称等とは一切関係ありません。

ファンレター、作品のご感想をお待ちしています

宛先
〒102-0071　東京都千代田区富士見2-13-12
株式会社KADOKAWA　MFブックス編集部気付
「野菜ばたけ先生」係「風ことら先生」係

二次元コードまたはURLをご利用の上
右記のパスワードを入力してアンケートにご協力ください。

https://kdq.jp/mfb
パスワード
h7i6h

● PC・スマートフォンにも対応しております（一部対応していない機種もございます）。
●アンケートにご協力頂きますと、作者書き下ろしの「こぼれ話」がWEBで読めます。
●サイトにアクセスする際や、登録・メール送信時にかかる通信費はご負担ください。
● 2024年1月時点の情報です。やむを得ない事情により公開を中断・終了する場合があります。